Reise ins Paradies

Ödön von Horváth
Reise ins Paradies

Metroverlag

Mit freundlicher Unterstützung
der Kulturabteilung der Stadt Wien, Literaturreferat

Dieses Buch beinhaltet kleinere Prosaarbeiten von Horváth, Skizzen zum geplanten Roman „Die stille Revolution“ und Vorarbeiten zu »Ein Kind unserer Zeit«. zum Teil stammen die Texte aus dem umfangreichen Nachlass des Schriftstellers. Die Orthografie und Interpunktion folgt den Vorgaben der Originaltexte und wurden nur stellenweise zugunsten der besseren Lesbarkeit berichtigt.

Verlagsbüro W. Gmbh
info@metroverlag.at

Gesamtherstellung: CPI Moravia Books Gmbh
Printed in the EU
ISBN 978-3-902517-85-2

Inhalt

Das Märchen in unserer Zeit

In unserer Zeit lebte mal ein kleines Mädchen, das zog aus, um das Märchen zu suchen. Denn es hörte überall, daß das Märchen verloren gegangen sei. Ja, einzelne sagten sogar, das Märchen wäre schon längst tot. Wahrscheinlich liege es irgendwo verscharrt, vielleicht in irgendeinem Massengrab.

Aber das kleine Mädchen ließ sich nicht beirren. Sie konnte es nicht glauben, daß es kein Märchen mehr gibt.

Sie ging also in den Wald und fragte die Bäume, aber die Bäume murrten nur. Die Elfen der Wiesen sind längst fortgezogen, die Zwerge aus den Höhlen, die Hexe aus der Schlucht.

Und sie fragte die Vögel, aber die sagten: »Die Menschen fliegen schneller, wie wir, kiwitt, kiwitt, es gibt kein Märchen mehr!«

Und die Rehe sagten, lächerlich, und die Hasen lachten, und der Hirsch gab überhaupt keine Antwort. Es war ihm einfach zu dumm.

Und die Kühe sagten, es wäre ihnen zu blöd, und sagten, man dürfe sowas vor den Kälbern gar nicht sagen. Sie sollten so dumme, zwecklose Fragen gar nicht hören, sie sollten darauf vorbereitet werden, daß sie geschlachtet würden, kastriert oder Milchspender würden. Ja, selbst wenn einer als Stier durchkomme, so sei das auch kein Märchen. Man müsse die Kälber aufklären.

Auf der Straße stand ein altes Pferd, das sollte zum Schlachter geführt werden. Es hatte ausgedient. Der Metzger saß im Wirtshaus und trank.

»Es wirds auch nicht wissen«, dachte das Mädchen, »aber ich will es fragen, denn es ist ein altes Pferd und weiß sicher viel.« Und sie fragte das Pferd.

Das Pferd sah das Mädchen an, verzog etwas seine Nüstern und stampfte dann mit den Hufen. »Du suchst das Märchen?« fragte es.

»Ja.«

»Dann verstehe ich es nicht«, sagte das Pferd, »warum du es noch suchst? Denn das allein ist doch schon ein Märchen!«

Und es blinzelte das Mädchen an.

»Hm. Mir scheint gar, du bist es selber, das Märchen. Du suchst dich selber. Jaja, je näher ich dich betrachte, desto mehr merke ich es: du bist das Märchen. Komm, erzähl mir was!«

Das kleine Mädchen geriet in große Verlegenheit. Aber dann fing es an zu erzählen. Es erzählte von einem jungen Pferde, das so schön war und alle Preise beim Rennen gewann. Und von einem Pferde auf dem Grabe seines Herrn. Und von den wilden Pferden, die frei leben.

Und da weinte das alte Pferd und sagte: »Hab Dank! Jaja, du bist das Märchen, ich wußte es ja schon!«

Der Metzger kam und es wurde geschlachtet.

Am Sonntag gab es bei den Eltern Pferdefleisch, denn sie waren sehr arm.

Aber das kleine Mädchen rührte nichts an. Es dachte an das alte Pferd, wie es weinte.

»Sie ißt kein Pferdefleisch«, sagte die Mutter, »dann iß gar nichts. «

»Sie ist eine Prinzessin«, sagten die Geschwister.

Und das kleine Mädchen aß gar nichts.

Aber es blieb nicht hungrig.

Es dachte an das alte Pferd und wie es weinte, und wurde satt.

Ja, es war ein Märchen.

Der Gedanke

Ein Märchen

Gestern begegnete ich einem Gedanken.

Ich war gerade spazieren und wollte wieder zurück, weil ich anfing, hungrig zu werden und außerdem dachte ich, jetzt wirds bald regnen, denn der Himmel hatte sich bezogen.

Da traf ich, wie gesagt, einen Gedanken. Ich weiß noch genau die Stelle, wo es war. Dort, wo der Wald aufhört, beginnt aufzuhören.

Ich bemerkte den Gedanken nicht sogleich, erst als er an mir vorbeiging und mich ansah – da hielt ich unwillkürlich, ich hatte so etwas Schönes noch nie gesehen!

Ich konnt mich zuerst gar nicht rühren vor Überraschung. Und dann war der Gedanke an mir vorbei. Ich lief ihm nach und fand ihn nirgends – er war weg.

Zu dumm!

Ich ärgerte mich, wie kann man nur so blöd sein und so einen schönen Gedanken vergessen!

Und ich strengte mich an, daß er mir einfallen möge wieder, aber er blieb aus. Er kam nicht wieder. Ich lief ihm nach an vielen platten Gedanken vorbei, hübschen und nicht hübschen, häßlichen, es kamen mir inzwischen auch neue Gedanken, ich traf auch neue, fremde wurden mir vorgestellt. Aber der Gedanke, den ich suchte, blieb mir fern. Und ich wußte, ich brauche ihn, auf diesen Gedanken habe ich immer schon gewartet.

Aber es sollte nicht sein!

Ich gab die Hoffnung schon auf und unterhielt mich mit anderen Gedanken. Gedanken, die aus dem Schnaps kommen, aus Wein und Bier, aus einem guten Braten, aus einer hohen Kirche, vom Markt – kurz allerhand Kraut und Rüben.

Aber ganz heimlich in mir blieb die Sehnsucht wach nach dem einen großen Gedanken –

Ob ich ihn jemals wiedersehen werde?

Manchmal dachte ich schon, ich hätte ihn wieder, aber das war alles Täuschung. Vielleicht war eine gewisse Ähnlichkeit vorhanden, aber er war es nicht.

Und ich wurde immer trauriger über den schönen Gedanken.

Ich wußte, wenn ich ihn wiederhabe, dann darf mich die ganze Welt gern haben.

Dann pfeif ich auf alles.

Und dann kam ein Gedanke, es war ein sehr gescheiter belesener Gedanke, der sagte: Hör mal, ich glaub, das war gar kein Gedanke, mir scheint, das war eher ein Gefühl –

Ein Gefühl? Daß ich nicht lache!

Lacht nicht! Man kann das oft nicht so genau unterscheiden – es gibt Grenzen, man meint man hat einen Gedanken und derweil ist das alles nur Gefühl!

Ich verbitte mir das! Ich werde wohl noch einen Gedanken von Gefühlen unterscheiden können!

Abwarten! Was bin zum Beispiel ich?

Es gibt keinen ganz reinen Gedanken, immer ist auch irgendwo versteckt ein paar Prozent Gefühl und umgekehrt! Aber den Gedanken, den ich traf und vergessen habe, das war der reinste Gedanke! Und drum sehn ich mich auch so mit ganzem Herzen nach ihm.

Er starb. Und als der Engel des Todes kam, sagte er: Ach, du bist ja mein Gedanke –

Ja, sagte er, ich bin mal an dir vorbei und hab mir gedacht, soll dich jetzt der Schlag treffen oder nicht? Dann hab ichs mir überlegt. Ich bin weder ein Gedanke, noch ein Gefühl, ich bin der Friede! Friede auf Erden den Menschen, die unter der Erde liegen! Komm, ich bin das Nichts. Drum hast du mich auch vergessen. Denn ein Nichts kann man nicht behalten.

Ein Soldat der Diktatur

Ich bin Soldat. Und ich bin gerne Soldat.

Wenn morgens der Reif auf den Feldern liegt oder wenn abends die Nebel aus den Wäldern kommen, Tag und Nacht, Frühling und Herbst, Sommer und Winter, ob es regnet oder schneit – immer wieder freut es mich, in Reih und Glied marschieren zu dürfen.

Links und rechts, links und rechts.

Es ist immer einer neben dir und du bist nie allein.

Links und rechts.

Auch wenn du allein auf Wache stehst, auch dann bist du nicht allein, denn du mußt die anderen bewachen und du bist nicht allein, wenn du weißt, wofür du lebst.

Ich bin so glücklich, daß ich Soldat bin!

Ich bin es erst seit einem halben Jahre, aber ich habe schon einen Stern. Und ein kleines silbernes Bändchen. Ich bin schon etwas mehr, wie die anderen.

Denn ich bin der beste Schütze meines Zuges. Ich hab die sicherste Hand und das schärfste Auge.

Oh, wie bin ich glücklich, daß ich Soldat bin! Jetzt hat mein Leben plötzlich wieder Sinn! Ich war ja schon ganz verzweifelt, was ich mit meinem Leben beginnen sollte. Am liebsten wär ich ein Bauer geworden, aber dazu braucht man Geld und da ich kein Geld habe, blieb mir doch nichts anderes übrig, als in einem Büro zu sitzen und das wäre doch eine ewige Sklaverei. Nein, nur beim Militär bin ich frei, nur hier habe ich eine Zukunft! Und außerdem ist Militär etwas Ähnliches wie Sport – und ich gebe gerne meinen letzten Tropfen Blut hin fürs Vaterland!

Denn ich liebe mein Vaterland und besonders jetzt, da es stark wieder ist und seine Ehre wieder hat.

Es war eine Zeit, da liebte ich mein Vaterland nicht. Es wurde von vaterlandslosen Gesellen regiert und beherrscht, aber jetzt ist es wieder stark und mächtig – ich glaube, ich hatte damals gar kein Vaterland.

Aber jetzt ja! Jetzt soll mein Vaterland wieder mächtig werden und stark! Ein leuchtendes Vorbild, es soll auch die Welt beherrschen.

Wir müssen rüsten. Hier beim Militär habe ich eine Zukunft. Denn es gibt sicher bald einen Krieg, wieder einen Weltkrieg und den werden wir gewinnen und dann werden wir diktieren! Den Frieden!

Der Führer spricht zwar immer vom Frieden, aber wir zwinkern uns nur zu. Der Führer ist ein schlauer, kluger Mann, er wird schon die anderen hereinlegen. Sie sollens nur glauben, daß wir den Frieden wollen, sie sollen nur – wir schlagen dann plötzlich los! Blitzartig!

Es ist schon alles vorbereitet.

Was wissen auch die Anderen schon?! Nichts! Sie wissen gar nicht, wieviel wir sind. Denn wir haben keine Kasernen mehr, wir liegen in Baracken im Wald. Niemand weiß, wo –

Es darf niemand in die Nähe.

Auch die Flugplätze liegen unter der Erde. Kein feindlicher Flieger wird sie finden. Dort liegen die Flugzeuge, die schweren Bomber auch. Und täglich gibts neue Erfindungen.

Es darf niemand in die Nähe.

Wer es verrät, darüber spricht, der wird erschossen. Und dem geschieht recht. Denn das ist Landesverrat.

Ja, wir sprechen von dem Frieden – aber das ist alles Quatsch! Gewalt geht vor Recht!

Wir sind eine harte Generation, wir lassen uns nichts vormachen!

Mein Vater sagt immer: »Hoffentlich kommt kein Krieg mehr« –

Unsinn!

Hoffentlich ja!

Und ich sage ihm: glaubst du denn nicht, daß all die Bürohocker begeistert mitzögen, wegen der Frau loswerden und so, alle Möglichkeiten –

Er sagt: Ja, die sich nicht mehr erinnern können!

Ich sage: Die sich erinnern können, die zählen eh nicht mehr, die sind ja alle schon alt! Tröste dich, du kommst nicht mehr dran und wegen mir mußt du dir keine Sorgen machen! Er sagt: Du bist noch naß hinter den Ohren!

Ich bin am 5. November 1915 geboren.

Ich bin ein Kriegskind. Aber ich kann mich an den Weltkrieg nicht mehr erinnern.

Das verwunschene Schloß

Es ist Sonntag und wir haben frei. Von zwei Uhr Nachmittag, von vierzehn bis zweiundzwanzig Uhr. Nur die Bereitschaft bleibt zurück.

Gestern bekam ich meinen zweiten Stern und heute werde ich zum ersten Mal mit zwei Sternen am Kragen ausgehen.

Der Frühling ist nah, aber er ist noch nicht da. Doch es weht eine laue Luft und nachts konzertieren die Katzen. Die Straßen der Stadt sind leer, jetzt essen die Leute oder schlafen.

Ich gehe mit drei Kameraden. Wir haben weiße Handschuhe an.

Wohin?

Zuerst gehen wir in ein Café und trinken einen Kaffee. Wir lesen die Zeitung und die Illustrierten. Dann sagt der eine: gehen wir doch auf die Wiese! Die Wiese ist ein Rummelplatz mit Karussels, Ausrufern, in der Straße. Sie ist sehr lang und wird immer breiter. Da stehen Karussels und Schießbuden und kleine dressierte Affen und große Affen und Hunde spielen Theater und Wahrsagerinnen und Abnormitäten. Und ein Hippodrom ist da und Tanzpaläste. Und ganz unten steht das verwunschene Schloß.

Wir wissen nicht, was wir tun sollen und schießen. Wir treffen ins Schwarze und das Fräulein, das unsere Gewehre lädt und einkassiert, lächelt uns respektvoll und einladend an.

Meine Kameraden lernen zwei Mädchen kennen beim Tanzen, aber mir gefallen sie nicht. Denn ich bin anspruchsvoll. Sie sind mir nicht hübsch genug. Ich will aber meinen Kameraden nicht im Wege stehen und trenne mich von ihnen. Ich gehe ins Hippodrom. Dort reiten schöne Mädchen. Man sieht die Stelle zwischen Strumpf und Rock. Ich habe diese Stelle an den Mädchen sehr gerne. Überhaupt glaube ich, daß diese Stelle jeder Mann gerne hat. Ja, es wären schon zwei hübsche Mädchen da, aber sie sind für mich nichts. So viel Geld hab ich nicht, denn die müßt man einladen undsoweiter. Ich gehe also weg. Auf die zwei Sterne geben die nichts, sie haben schöne Schuhe an und die eine hat ein goldenes Armband. Da steh ich jetzt mit den weißen Handschuhen. Traurig etwas geh ich die Straße weiter und wandel zwischen den Abnormitäten.

Es ist Frühling und es dämmert, die Lichter entflammen rot und gelb und blau. Die Musik tönt aus den Buden und ich schreite einher. Die Luft ist lau. Und ich denke plötzlich, daß diese Männer mit den Mädchen auch zu meinem Volke gehören – natürlich! Auch dafür hab ich geschworen zu fallen – und die

Abnormitäten gehören auch zum Volk, nein, ich will nicht weiter denken! Durch das Denken kommt man auf ungesunde Gedanken. Das sind alles Probleme, die Reichen, die Weiber, die Abnormitäten, durch die man nicht hindurch sieht. Wir einfachen Sterblichen nicht, aber der Führer wirds schon richtig machen.

Ihm gehört meine ganze Liebe und nicht den Weibern. Überhaupt kommts auf die Weiber nicht an. Sie befinden sich dem Krieger gegenüber nur in einer Hilfsstellung.

Aber es wär doch schön eine schöne Frau – und ich denke an die Frauen, die ich hatte. Ich kaufe mir ein Bier und zähle sie zusammen. Wie viele warens denn bisher? Nicht viel, nur dreizehn. Davon zwei auf länger. Die eine die Frau eines Vertreters, er war ein Liberalist, ein widerlicher. Die zweite – ja, ich hatte noch nicht die richtige.

Aber es muß auch die richtige geben, wo alles selbstverständlich ist, wo die Seele und der Leib zusammenpaßt. Gibt es das überhaupt? Oder gibt es das nur im Märchen?

Und wie ich so weiter gehe, komme ich zu dem verwunschenen Schloß, mit seinen Giebeln und Türmen und Basteien. Es hat vergitterte Fenster und die Drachen und Teufel schauen heraus. Ein Lautsprecher gibt einen feinen Walzer von sich, eine alte Musik, und dann wird sie immer unterbrochen durch Gelächter und Gekreisch.

Aber ich kenne das schon. Es ist eine Platte, das Gelächter und das Gekreisch, die Angst und die Freude, sie sind nicht echt. Sie werden verstärkt, um anzulocken, Angst und Freude.

Ein monotones Geräusch tönt aus dem Hause. Aha – das sind Maschinen. Die treiben die Laufteppiche, ich kenne das schon. Nein, da geh ich nicht hinein. Das ist zu blöd. Das ist so blöd, daß es nur was ist, wenn man nicht allein ist. Es ist eine Gesellschaftsunterhaltung. Und überhaupt mit den weißen Handschuhen. Da fall ich hin und sie werden schwarz.

Ich will weiter, da blicke ich nach der Kasse, ganz automatisch. Im ersten Augenblick halte ich, dann mache ich noch zwei Schritte weiter. Und halte wieder. Wer sitzt dort an der Kasse? Sie sitzt regungslos, es ist eine Frau, eine junge Frau. Sie sitzt so starr, als wär sie eine Wachsfigur. Sie ist auch so wächsern – oder ist es nur das Licht? – nein, doch nicht. Sie hat große Augen, aber die seh ich nicht gleich. Ich sehe zuerst ihren Mund. Aber was red ich da? Ich weiß es nicht, was ich zuerst sah! Ich weiß nur, daß ich plötzlich stehen blieb, als wär ich plötzlich vor einer Wand gestanden, vor einem Hindernis, aber dann bin ich durch, ich wollte weiter, und bin gestolpert, und bin wieder stehen geblieben.

Sie sah mich an. Es war ein ernster Blick, fast traurig. Und ich sah sie an. Und aus dem Lautsprecher tönte der leise Walzer und dann kam ein Schrei.

Jetzt sah sie weg. Sie nahm ihren Bleistift und schrieb. Aber ich wußte es, daß sie nichts schrieb. Sie tat nur so, sie wollte mich nicht mehr sehen.

Ich ging weiter. Dort war ein Stand und ich kaufte mir Eis. Aber ich mag gar kein Eis. Warum kaufte ich es mir?

Da stand ich und schleckte das Eis. Ich sah hinüber aufs verwunschene Schloß. Sie sah mich an und lächelte und schrieb wieder weiter. Nein, sie schrieb nicht, sie zeichnete.

Ich beobachtete sie. Sie hatte ein schönes Profil und es fiel mir auf, wie zart daß sie aussah. Sie sah so fein aus und prüde und doch ist sie eine Sau, ging es mir durch den Sinn.

Als ich das Eis fertig hatte, konnt ich noch immer nicht fort. »Noch ein Eis?« fragte mich die Verkäuferin. »Ja«, sagte ich. Und dann hatte ich wieder eines in der Hand.

Ich sah, daß sie lächelte.

Warum lächelt sie? Weil ich da steh und das Eis schleck?

Ich wollte das Eis auf die Erde hauen, da tauchte ein Offizier aus der Finsternis auf. Ich salutierte. Einem Offizier muß man salutieren. Das Eis hielt ich in der Hand.

Jetzt lachte sie, aber ich hörte keinen Ton. Die Jahrmarktsmusik übertönte es. Ich sah es nur. Sie hatte schöne Zähne und es fiel mir auf, daß sie einen schönen Busen hatte, er stand so schön ab.

Ich muß sie sprechen, dachte ich. Und ich werde jetzt einfach ins verwunschene Schloß gehen, denn ich weiß es nicht, will sie mich haben oder nicht? Mag sie mich oder nicht?

Ich trat an die Kasse und sagte: »Ein Billet«. »Für Militär«, sagte sie ganz sachlich und sie fügte hinzu: »Sie haben Glück, denn ich wollte gerade zusperren.«

»Schon?« sagte ich. »Es ist doch noch früh und alles ist voller Leut!

»Ja, das schon«, sagte sie, »aber es kommt doch niemand. Die Geschäfte gehen schlecht.«

»Bei dem allgemeinen wirtschaftlichen Aufschwung?« fragte ich.

»Das tut nichts zur Sache«, sagte sie. »Das verwunschene Schloß ist unmodern.«

»Dann fangens doch was anders an!«

»Um etwas anderes anzufangen, dazu braucht

man Geld«, sagte sie und gab mir die Karte.

Ich ging hinein. Ein Skelett salutierte. Dann kam ein Antrieb. »Au!« schrie ich und verstauchte mir meinen Fuß.

Sie kam.

»Um Gotteswillen!« sagte sie. »Sagen Sie nur niemand, daß Sie sich hier bei uns den Fuß verstaucht haben! Sonst kommt noch die Polizei! Und das ist kaputt, stimmt! Und ich bin schuld! Aber Sie werden ja sowieso umsonst behandelt!«

»Und die Schmerzen?«

»Die Schmerzen?« Sie sah mich an. »Es hat jeder seine Schmerzen«, sagte sie.

Sie stand neben mir. Ich saß auf dem Boden.

Sie blickte auf mich herab.

Ich umarmte ihre Beine, aber unter dem Rock.

»Was machst du da?« fragte sie.

»Warum sagt sie ›Du‹ zu mir?« dachte ich. Und ich hob ihren Rock. »Das kann ich auch«, sagte sie und hob ihren Rock bis über die Knie. Ich gab ihr einen Kuß oberhalb des Strumpfes und wunderte mich, daß sie sich nicht wehrte.

»Du wunderst dich?« fragte sie plötzlich.

»Wieso? «

»Weil ich mich küssen lasse«, sagte sie.

Ja, ich wundere mich.

Ich komme ins Lazarett.

Sie besucht mich.

Ich hab Ausgang. Ich bleibe mit ihr die Nacht im Schrebergarten. Und es ist, als wären wir auf einem Unterkunftshaus und draußen sind die großen Gletscher.

»Das ist mein Besitz«, sagte sie. »Meine Eltern sind tot.« Sie erzählt von ihren verstorbenen Eltern, von ihrem Vater, der sie ruft. Er hat einen großen Schnurrbart, ihr Vater.

Sie erzählt von ihrem Verlobten, der hat Abnormitäten.

Sie sagt: »Wenn du dir nicht das Bein verstaucht hättest, wären wir schon früher so beisammen.«

Und mir ist einen Moment lang, daß ich alles vergesse. Die ganze Welt.

»Bist du müde?« fragte sie.

»Nein«, sage ich.

»An was denkst du?« – »An nichts!«

Aber das ist nicht wahr. Ich denke an die Kaserne. An das Postenstehen.

Warum habe ich gelogen?

»Du denkst doch an was?« fragt sie.

»Ja«, sage ich. »Ich denke an nichts.«

Sie wendet sich ab. Aber ich halte sie fest. Und dann schlafen wir ein.

Ich komme in der Früh nach Haus. Rapport beim Hauptmann. Der Hauptmann, als er erfährt, daß ich bei einem Mädchen war, sagt: »Raus!«

Der Hauptmann ist ein feiner Mensch.

Das Vaterland ruft und nimmt auf das Privatleben seiner Kinder mit Recht keine Rücksicht

Wenn ich es wüßte, wie sie heißt, dann würde ich ihr einen Brief schreiben. Ich würde ihr schreiben, daß ich am Sonntag gern gekommen wär, aber es hat nicht sollen sein. Den Grund dürfte ich ihr nicht sagen, denn den darf ich niemand sagen, darauf steht der Tod. Wir wissen es selber nicht genau, wir wissen nur, es geht los. Heut Nacht fahren wir ab, das ganze Regiment, feldmarschmäßig und niemand weiß wohin. Wir können es uns schon denken, an welche Grenze. Aber jeder hütet sich, den Namen des Landes auszusprechen.

Ich würde ihr gerne schreiben, daß es mir leid tut, sie nicht zu sehen, am Sonntag, aber wir müssen ja schon am Freitag weg.

Es gibt wichtigere Dinge, als das verwunschene Schloß.

Es geht los.

Und ich möchte ihr schreiben, daß wir uns wiedersehn.

Ich will sie nicht vergessen.

Gedanken

Nun wohn ich bei meinem Vater. Er geht gegen Mittag weg und kommt erst nach Mitternacht heim. Sein Zimmer ist wirklich arm.

Ein Schrank, ein Tisch, ein Bett, zwei Stühle und ein schiefes Sofa – das ist alles. Das Sofa ist übrigens obendrein zu kurz für mich.

Dafür hab ich den halben Tag Musik.

Nebenan wohnt nämlich eine arbeitslose Verkäuferin mit einem heiseren Grammophon. Sie hat nur drei Platten, lauter Tanz.

Also immer dasselbe, aber das stört mich nicht, was lustiges hört man immer gern.

Ich lese ein Buch über Tibet, das geheimnisvolle Reich des Dalai Lama am höchsten Punkt der Welt. Mein Vater hats von einem Stammgast bekommen. Der Stammgast konnte nämlich plötzlich seine Zeche nicht mehr bezahlen, weil er seine Stellung verloren hatte. Ein kleines Menu ist das Buch wert. Aber ohne Kompott.

Diese Verkäuferin ist nicht hübsch.

Sie wird also schwer eine Stellung bekommen.

Wenn sie nicht verhungern will, wird sie sich wohl verkaufen müssen.

Viel wird sie ja nicht bekommen. –

Eigentlich ist sie zu dürr. Zumindest für meinen Geschmack. Ich lieb nämlich nur das Gesunde.

In den Zeitungen steht zwar, wir hätten keine Arbeitslosen mehr, aber das ist alles Schwindel. Denn in den Zeitungen stehn nur die unterstützten Arbeitslosen – da aber einer nach kurzer Zeit nicht mehr unterstützt wird, kann er also nicht mehr in der Zeitung als Arbeitsloser stehn. Ob er sich umbringt, um nicht zu verhungern, darüber darf natürlich nichts berichtet werden. Nur wenn einer etwas stiehlt, das steht drin und zwar in der Rubrik: »Aus dem Rechtsleben«.

Es gibt keine Gerechtigkeit, das hab ich jetzt schon heraußen.

Daran können auch unsere Führer nichts ändern, wenn sie auch auf außenpolitischem Gebiet noch so genial operieren. Der Mensch ist eben nur ein Tier und auch die Führer sind nur Tiere, wenn auch mit Spezialbegabungen.

Warum bin ich nicht so begabt?

Warum bin ich kein Führer?

Wer bestimmt da mit einem Menschen? Wer sagt zu dem einen: Du wirst ein Führer. Zum andern: Du wirst ein Untermensch. Zum dritten: Du wirst eine dürre, stellungslose Verkäuferin. Zum vierten: Du wirst ein Kellner. Zum fünften: Du wirst ein

Schweinskopf. Zum sechsten: Du wirst die Witwe eines Hauptmanns. Zum siebten: Gib mir deinen Arm –

Wer ist das, der das zu befehlen hat?

Das kann kein lieber Gott sein, denn die Verteilung ist zu gemein –

Wenn ich der liebe Gott wär, würd ich alle Menschen gleich machen.

Einen wie den anderen – gleiche Rechte, gleiche Pflichten.

Aber so ist die Welt ein Saustall.

Meine dicke Schwester im Krankenhaus sagte zwar immer: Gott hat mit jedem einzelnen etwas vor –

Heut tuts mir leid, daß ich ihr nicht geantwortet hab: Und mit mir? Was hat er denn mit mir vor, dein lieber Gott?

Was hab ich denn verbrochen, daß er mir immer wieder die Zukunft nimmt?

Was will er denn von mir?

Was hab ich ihm denn getan?!

Nichts, radikal nichts!

Ich hab ihn immer in Ruh gelassen –

Das Grammophon spielt, ich lese im Buch über Tibet von dem salzigen See Lango-Ply, aber meine Gedanken sind wo anders.

Ich hab nämlich keine Angst mehr vor dem Denken, seit mir nichts anderes übrig bleibt. Und ich freue mich über meine Gedanken, selbst wenn sie was Unangenehmes entdecken.

Denn ich bleib durch das Denken nicht mehr allein, weil ich mehr zu mir selber komme. Dabei find ich natürlich nur Dreck.

Ich darf noch die Uniform tragen, denn ich hab keinen anderen Anzug, und das Jahr in der Kaserne war mein goldenes Zeitalter.

Vielleicht hätt ich jenem Bettler meine fünf Taler geben sollen, vielleicht wär dann heut mein Arm wieder ganz – nein, das ist ein zu dummer Gedanke!

Weg damit!

Mein Vater sagte: wir haben gesiegt – jawohl: wir. Als wär er auch dabei gewesen –

Einst hat er den Krieg verabscheut, seinen Weltkrieg, weil er dabei gewesen ist. Aber mein Krieg, der versetzt ihn in Begeisterung –

Ja, er ist und bleibt ein verlogener Mensch.

Aber ich bin ihm nicht bös, wenn ich dieses Zimmer betrachte.

Wer arm ist, darf sich was vorlügen – das ist sein Recht.

Vielleicht sein einziges Recht.

Der Bettler

Als ich an diesem Abend das Lokal betrat, in dem mein Vater bediente, war das Tischchen, an dem ich sonst zu essen pflegte, besetzt. Es saß dort bereits ein Gast.

Der Tisch stand abseits von den anderen in einer Ecke, es war ein schlechter Platz, denn es zog immer herein. Aber da ich umsonst aß, mußte ich damit vorlieb nehmen. Hier aß ich nämlich, mein Vater bezahlte es zu sehr ermäßigtem Preise, bis ich Bescheid bekomme wegen der Aufseherstelle. So hatten wir beide es besprochen.

Der Gast, der an dem Tische saß, trug eine blaue Brille und hatte einen Vollbart. Ein weißer Stock lehnte neben ihm, er war also blind.

»Setz dich nur hin«, sagte mein Vater, »das ist bloß ein Bettler.«

Ein Bettler?

Und es fielen mir wieder die fünf Taler ein –

Wars nicht dieser, dem ich sie nicht gab?

Ich näherte mich dem Tische.

Nein, er wars nicht, aber ich bin nicht sicher –

Auf alle Fälle: er könnts gewesen sein.

Und ich werde den Gedanken nicht los: vielleicht wär mein Arm jetzt ganz, wenn ich ihm die fünf

Taler gegeben hätt, vielleicht müßt ich jetzt nicht hier mit einem Bettler zusammen essen am gleichen Tisch und die Protektion erbitten und Aufseher werden –

Ich setze mich an den Tisch und sage: »Guten Abend!«

»Guten Abend«, sagt der Bettler und läßt sich nicht stören. Er löffelt seine Suppe.

Ich muß auf die meine warten.

Der Bettler hat seine Suppe ausgelöffelt und ißt nun ein Kotelett mit Reis und Salat. Auch Kompott ist dabei. Und ich denke mir: schau, dieser Bettler kriegt mehr wie ich –

Jetzt bringt mir mein Vater meine Suppe und sagt zum Bettler: »Schmeckts?«

»No ja«, meint der Bettler, »das Fleisch ist ein bissen zäh für meine Zähn und der Reis ist wieder so ein Matsch – geh bringens mir einen halben Liter, von dem Weißen!«

Was? Der Bettler bestellt sich Wein?

Ich glotze meinen Vater betroffen an – er errät meine Gedanken und meint lächelnd: »Jawohl, der Großpapa da verdient mehr als ich, der kann sich ruhig den Wein leisten –«

»Red nur«, sagt der Bettler, »red nur und richt mich aus – wer ist –« und er hebt seine blaue Brille und zwei Augen schauen mich streng an und zugleich gutmütig: »Wer sitzt denn da?«

»Mein Sohn.«

»Ah, gratuliere!«

»Er verläßt jetzt das Militär«, sagt mein Vater.

»Bravo«, sagt der Bettler, »verlassen ist immer gut. Was will er denn werden?«

»Er wird Aufseher«, sagt mein Vater.

»Aber Vater«, sag ich, »woher willst denn das wissen? Das hängt doch noch alles in der Luft!«

»Es hängt gar nichts in der Luft«, sagt mein Vater, und zum Bettler gewandt: »Er hat nämlich eine starke Protektion, die Witwe seines gefallenen Hauptmanns.« –

Jetzt werd ich wild.

»Aber Vater«, sage ich, »wie kannst denn du das alles in der Welt so herumschreien, das muß doch nicht jeder wissen!«

»Junger Herr«, sagt der Bettler, »ich darf alles wissen und ich weiß auch alles. Wenn Sie wüßten, was mir alles erzählt wird!«

Mein Vater will mir auch entgegnen, daß er nicht abergläubisch sei, aber er wird von anderen Gästen fortgerufen. Er muß ihnen Bier bringen.

»Sie dürfen Ihren Vater nicht so anfahren. Ihr Vater ist ein alter Mann, da wird man geschwätzig. Das ist nicht schön und das gehört sich nicht«, sagt der Bettler.

»Was geht das Sie an?«

»Es geht mich so lang was an, solang ichs hören muß.«

»Dann hörens weg!«

»Das kann ich nicht. Ich bin ja nicht taub.«

Ich betrachte ihn spöttisch.

»Und blind sind Sie auch nicht?«

»Natürlich nicht«, sagt er. »Das tu ich nur so, als ob ich nicht sehen würde, sonst würd mir ja keiner was geben.«

»Feine Finten!«

»Ich muß auf das Mitleid spekulieren, damit die Leut besser werden. Ich tu als wär ich blind, aber ich sehs genau, wer mir was gibt. He, wo bleibt mein Wein?«

»Hier«, sagt mein Vater, er brachte ihn soeben.

»Zwei Gläser«, sagt der Bettler, »ich möcht gern deinen Sohn einladen – darf ich?«

»Oh bitte!« sagt mein Vater.

»Ich verzichte«, sagte ich.

»Was hat er denn?« staunt mein Vater.

»Er ist bös auf mich«, grinst der Bettler.

»Warum denn?«

»Weil ich dich in Schutz genommen hab«, sagt der Bettler.

»Ich brauch deinen Schutz nicht«, sagt mein Vater.

»Nanana, nur nicht gar so von oben herab! Kennst du nicht das erste Gebot – dort stehts an der Wand: ›Ehre Deinen Gast‹.«

»Mit dir kann man nicht reden! « sagt mein Vater ärgerlich und läßt uns stehen.

»Mit mir kann man schon reden«, grinst der Bettler, »vorausgesetzt, daß man die Gebote befolgt.«

Ich betrachte die Gebote, sie hängen an der Wand.

Da steht:

Erstes Gebot: Ehre Deinen Gast, er ist Dein Herr, solang er die Zeche nicht prellt.

Zweites Gebot: ...

»Trinkens nur ruhig mit mir«, höre ich den Bettler und er schenkt auch schon ein, »ich bettel zwar, und heut hat mir einer einen Gulden gegeben, das sind so Gelübde, als ob ich helfen könnt! Und ich kann auch helfen!«

»Sie können helfen?«

»Nicht immer. Aber wenn einer ganz fest glaubt, dann ja –«

»Das wär ja sehr einfach!«

»Oho! Glauben ist schwer, sehr schwer!«

»Sie glauben doch nicht –«

»Doch. Wenn man einem Bettler was gibt, das hat

man Gott gegeben – aber ich will Ihr Gewissen erleichtern, das Geld mit dem ich diesen Wein da bezahl, ist nicht erbettelt –«

»Sondern gestohlen?« denke ich.

»Auch nicht gestohlen«, und er sieht mich scharf an, »wer hat heutzutag noch nicht irgendwas gestohlen – ein jeder. Es kommt ja nicht drauf an, ob ein solcher Diebstahl im Gesetzbuch bestraft wird, ich red jetzt von einer höheren Warte aus.«

»Höhere Warte?« Ich betrachte ihn spöttisch.

»Das Geld, mit dem ich diesen Wein bezahle, ist weder erbettelt noch gestohlen, es ist mein Vermögen, ich bin nämlich reich.«

»Ach, und warum bettelns denn dann?«

»Das ist mein Beruf«, sagt er schlicht.

Lacht er mich aus? Macht er sich lustig über mich?

»Das versteh ich nicht«, sag ich.

»Das ist auch mein Geheimnis.«

»Das ist mir zu hoch.«

»Das glaub ich Ihnen«, sagt er und hebt sein Glas, »also reden wir nicht mehr, sondern trinken wir. Auf das, was wir lieben.«

Ich starre ihn an. Und rühre mich nicht.

»Na, Sie werden doch etwas haben, das Sie lieben –«

»Nein, das heißt –«

»Sie haben gar kein Mädel, niemand?«

»Nein.«

»Es ist nicht gut, daß der Mensch allein sei«, sagt er.

»Finden Sie?«

»Ja, denn sonst verliert er sich in Grübeleien. Und er kann doch nicht denken, das heißt nur begrenzt. Da ists mir schon lieber, Ihr habt die Erbsünde begangen – ohne Weib wärs sicher noch schlimmer.«

»Ich hätt vielleicht schon wen«, sag ich, »aber ich weiß nicht, wo sie wohnt –«

»Sie wissens nicht?«

»Nein, sie ist fort.«

»Na und?«

»Nichts. Sie wird mich auch nicht mögen.«

»Warum nicht?«

»Weil ich nichts hab.«

»Lächerlich. Eine Frau ist doch nicht so –«

»Sicher hat sie schon einen Meinesgleichen oder sowas.«

»Woher wollen Sie das wissen?«

»Ich denk es mir.«

»Das sagt gar nichts.«

»Was? Denken sagt gar nichts? Sondern?«

»Sondern: was grübeln Sie da herum suchen Sie, suchen Sie!«

»Vorbei.«

»Sie gefallen mir. Wenn sie fort ist und dann sitzens da herum?«

»Was soll ich tun?«

»Suchen Sie sie! Suchen Sie. Man wird nicht umsonst geliebt! Gehens und suchens!«

»Wo denn?«

»Fragens die Leut!«

»So?«

»Jemand wirds schon wissen!«

Er hat recht, denke ich. Natürlich werd ich sie suchen, und zwar gleich morgen früh. Ich werd mich in der Autorennhalle, dort, wo das verwunschene Schloß mal stand, erkundigen, wo sie wohl sein mag.

Und ich hebe das Glas: »Auf das, was wir lieben!«

Neue Wellen

Während ich schreibe, höre ich draußen das Meer.

Denn mein Haus steht am Ufer.

Und das Meer will über das Ufer, es brandet und braust wie im Märchen. Mit neuen und neuen Wellen. Immer wieder, immer wieder.

Es rauscht und braust und brandet immer wieder eine Welle. Sie kommen aus der Ferne, wo der Horizont eine Linie ist. Gestern war ein Sturm. Ich hab oft hingesehen, aber kein Ende entdeckt.

Es ist zwar nicht mein Haus, das da im Sturme steht, es gehört einem alten Fischer, aber man sagt halt so, daß es einem gehört, wenn man drin wohnt. Nicht einmal das Zimmer gehört mir, ich hab es nur gemietet und es ist noch ein Problem, wo ich das Geld am ersten hernehmen werde. Mir gehört nur, was ich anhabe und der Koffer und eine alte Reiseschreibmaschine. Die ist die wichtigste, denn die gehört zu meinem Beruf.

Ich bin Schriftsteller.

Aber wo ich am ersten das Geld hernehmen werde, macht mir keine Sorge. So lange mir was einfällt, solange gibts auch immer noch Wunder. Und wenn kein Wunder kommt, bleib ich die Miete schuldig.

Mein Hausherr ist ein braver Mann und nicht versessen auf Wunder. Er mag mich leiden, denn ich stelle keinerlei Ansprüche, bin höflich und artig und frage ihn jeden Tag: »Wie gehts mit dem Rücken?« Er hat nämlich die Gicht und es freut ihn, wenn man sich erkundigt.

Wer wird sich mal nach mir erkundigen?

Wenn ich die Gicht haben werde –

Ich glaube niemand, denn ich habe kein Haus.

Es kann mir also niemand die Miete schuldig bleiben.

Doch was nicht ist, das kann noch werden, und man weiß nicht, wen man morgen kennen lernen wird. Vielleicht wohnt man in einem Palast, wo die Palmen drum rum herumstehen. Vielleicht wird man noch so viel gefragt werden, daß einem die Gall herausgehen möcht.

Nur keine Angst, es ist alles relativ!

Ich schreibe und draußen geht das Meer.

Es geht hoch und tief und immer hin und her.

Immer wieder, immer wieder –

Gestern war der Sturm noch stärker, die Netze sind zerrissen und ein Boot kam nicht mehr zurück. Vielleicht tauchts auf übers Jahr mit schwarzen Segeln und ohne einer Seele –

Oh, kommt herbei, Ihr braven bösen Gespenster!

Ein Schifflein fährt auf hohen Wogen, es ist aus Papier, gib acht, gib acht, Dich baute eine Kinderhand!

Eine weiche, kleine Kinderhand – sie wollte mit Dir spielen. Aber dann kamen die Wellen und trieben dich weg. Hinaus, hinaus –

Gib acht, Du bist nur aus Papier!

Ich schreib ein Feuilleton.

Ich bekomme pro Zeile einen lächerlichen Betrag, aber auch der lächerlichste Betrag summiert sich und man kann ohne ihn nicht leben. Und außerdem ist das Feuilleton auch nichts wert.

Es ist alles gelogen.

Es gehört einer Frauenzeitschrift. Es muß eine sentimentale Geschichte werden. Mit Frauentypen für den Mittelstand. Und dann wird es übersetzt. Ich schreibe es für den Feuilletonredakteur. Ich kann die Sprache nicht. Ich bin nämlich nicht mehr zuhaus.

Ich mußte weg von daheim.

Es ist nun schon eine geraume Zeit her.

Ich war mal eine angehende Hoffnung, ich bin ja noch nicht alt. Aber inzwischen hat sich vieles geändert.

Wenn ich zurückdenke, so weiß ich oft gar nicht, wo ich beginnen soll. So viele Gestalten tauchen auf, und nicht, daß sie auftauchen – sie sind verschwunden. Freunde und Feinde, es ist alles vorbei.

Wir leben in einer schnellen Zeit.

Oft denke ich, wie war mein Erfolg? Ich schrieb ein Stück, großer literarischer Erfolg, das zweite kam nicht mehr, es war aus, die Revolte.

Warum mußt ich eigentlich weg von zuhaus?

Wofür bin ich denn eingetreten? Ich hab nie politisiert. Ich trat ein für das Recht der Kreatur. Aber vielleicht wars meine Sünde, daß ich keinen Ausweg fand?

Ich schreibe mein Feuilleton und weiß es nicht.

Ich weiß es noch nicht.

Das Meer rauscht. Es kommen neue und neue Wellen. Immer wieder, immer wieder.

Tanzstunde

Als ich tanzen lernte, war der Weltkrieg noch kaum vorbei. Ich ging damals in die Oberrealschule in Budapest. Unsere Schule lag in einer Seitenstraße, gegenüber lag das Gefängnis und weiter vorn der Justizpalast, es war also eine Straße der Gerechtigkeit.

Ich erinnere mich noch an meinen Tanzmeister, er hatte eine Perücke auf seinem Sattelkopf. Mit mir gab er sich wenig ab. Sein Sohn ist im Krieg gefallen und mir sagte er, ich sehe seinem Sohne ähnlich, und deshalb war ich ihm unsympathisch, weil ich ihn immer an seinen einzigen Sohn erinnerte. Er wollte mich auch deshalb immer in einen anderen Kurs stecken, das war ein Anfängerkurs, aber ich protestierte dagegen.

Trotzdem gelang es ihm, mich zu degradieren. »Sie lahmen ja!« schrie er mich an, »eins zwei drei. Eins zwei drei!« Ich bin nur froh, daß der Krieg vorbei ist, was glauben Sie, was der Erzherzog Josef sein Wort halten wird, eins zwei drei, eins zwei drei? Er hat doch auf die Republik geschworen (der Erzherzog Josef hat natürlich sein Ehrenwort gebrochen).

In Budapest erschien damals eine Zeitung namens »Budapester Misthaufen«. Der Redakteur war ein verkommenes Subjekt, aber er hatte entschieden Humor. »Erscheint wenns nötig ist«, stand auf dem Blatt. Der Redakteur schnüffelte überall herum nach privaten Geheimnissen, ging dann auf die Redaktionen in die Familien und gab es preis. Was zahlen Sie, wenn ichs nicht bringe?

Ohne Geld

Man weicht mir aus.

Denn meine Schuhe sind zerrissen und mein Anzug ist auch nicht so ganz in Ordnung. Die Hose ist mir zu kurz, der Rock zu lang, der Hut zu klein, die Schuhe zu groß. Bis gestern trug ich noch eine Krawatte. Die war allerdings sehr schön und neu. Aber ich hab sie weggeschmissen auf Anraten eines Kameraden, der mir sagte: »Diese Krawatte muß logischerweise die Aufmerksamkeit eines jeden Gendarmen erregen. Sie paßt nicht zu Dir. Man sieht doch schon von meilenweit, daß Du sie gestohlen hast.« »In der Tat?« fragte ich. »Natürlich«, sagte er.

Er war ein alter, erfahrener Landstreicher mit über fünfzehn Vorstrafen. Es waren aber nur so kleinere Strafen, meistens Mundraub oder unberechtigtes Betreten fremder Grundstücke. Gewalttat war keine dabei. Er war ein alter, weiser Mann.

Ich folgte ihm, denn ich wollte mit der Gendarmerie nichts zu tun haben. Ich kenne die schon. Zweimal habens mich schon eingesperrt. Und wegen so einer neuen Krawatte -- also das steht nicht dafür!

Ich schmiß also die Krawatte weg. Sie war zu schön für mich.

Es ist Mittag, und die Sonne scheint. Um die Mittagszeit ist es am besten, auf der Landstraße zu gehen, denn dann fahren die wenigsten Autos. Um die Mittagszeit herum essen die Autofahrer und dann ist die Straße am leersten und menschenwürdigsten.

Wir zwei, der Alte und ich, gingen nun über die Straße. Es war ein hügeliges Land.

Radfahrer kamen uns entgegen und überholten uns. Die Frauen sahen meistens starr und ängstlich an uns vorbei.

Der Alte sah immer grimmig drein, dann hatten sie Angst. Das freute ihn.

Wir gingen nicht schnell. Es ist eine bestimmte Art, langsam zu gehen, wenn man weit kommen möcht. Und wir wollten weit kommen, hatten aber kein direktes Ziel.

Heut gingen wir noch nicht viel. So zirka fünfzehn Kilometer.

Wir hatten bei einem Bauern übernachtet. Er sagte uns, wir könnten übernachten, müßten ihm aber dafür am nächsten Tage beim Heu helfen. Wir sagten natürlich zu. Aber ganz in der Frühe schlichen wir uns heimlich davon und hauten ab.

Ins Heu sollten wir? Was denn nicht noch!

Wir werden doch nicht arbeiten, wir sind ja nicht blöd!

Ja, wenn man gleich eine Arbeit bekäm, mit der man viel Geld verdienen könnt, dann natürlich schon! Aber das Geld reicht höchstens für ein Essen. Und das können wir uns auch erbetteln. Oder stehlen. Leider kann man sichs nicht stehlen, daß die Schuhe geflickt werden. Aber darauf legen wir auch keinen solchen Wert.

Die sogenannten anständigen Menschen, sie sollen uns nur ausweichen! Wir haben kein Geld, bekommen kein Geld und brauchen auch kein Geld!

Ich hab überhaupt noch nie Geld gehabt.

Seit ich mich erinnere, hatte ich immer nur das, was ich gerade gebraucht habe. Ich lebte immer von heut auf morgen. Auch bei meinen Eltern war das so. Mal hatte mein Vater Arbeit, mal nicht. Mal meine Mutter, mal nicht. Mal hatten beide nichts, mal beide. Dann hatte mein Vater einen Rausch.

Ich bin ein Findelkind. Eine alte Bäuerin hat mich gefunden, in einem Korb mit einem Zettel, daß die Mutter eine arme Frau ist. Das glaub ich ja nicht ganz. Vielleicht bin ich das Produkt eines Skandals.

Charlotte. Roman einer Kellnerin

Es waren drei Wochen vergangen seit dieser Redoute, der Fasching war aus, die Starkbiersaison begann, München flaggte zum Nationalfeiertag und es gab zwei Wochen hindurch täglich fünf bis sechstausend Betrunkene. Die Straßenbahnen konnten nicht weiterfahren, weil sich die Leute auf den Schienen auszogen, es wurden im ganzen zweiundzwanzig Leute erstochen, darunter zweiundzwanzig Norddeutsche, drei erschossen, einer hat sich selbst erschossen, aus lauter Gemütlichkeit. Die Leute standen von den Tischen nicht mehr auf, kotzten daneben hin, sangen: Deutschland, Deutschland über alles, versicherten im Chor, daß es nur ein Loisachtal gibt und fragen sich gegenseitig, ob sie auch das Tal im »Alpenglühen« kennen, Bayrischzell und die Alpenkönigin Edelweiß. Drei Frauen und neun Männer wurden vergewaltigt und siebzehntausendzweiundzwanzig Ehen gebrochen und ungefähr dasselbe fast gebrochen. Vornehme Damen traten einfach heraus und pißten auf die Straße, die Schutzmänner hatten anstrengenden Dienst. In einer Bierbude saßen zehn Männer um einen Tisch. Der eine wollte sich den

Mantel holen, sah aber, daß er gestohlen war, sprang auf den Tisch und schrie: »Damit ihr seht, wie ich mir das zu Herzen nehme, erschieß ich mich«, und zog einen Revolver und erschoß sich. Fiel tot über den Tisch, an dem sein Bruder saß, der sagte nur: »Is dös aba a Witz, jetzt derschieaast si der wegn an Mantl.« Das Blut rann mit dem Bier zusammen und die Ordner schafften die Leiche aus dem Saale. Es war sehr gemütlich.

An Alkoholvergiftung erkrankten dreißig Personen, eine Frau wurde bewußtlos in das Krankenhaus gebracht. Ein würdiger alter Herr mit Bismarckblick stieg am Marienplatz ein und fiel mit seinem langen weißen Bart um. Alles bemühte sich um den Patriarchen, als er zu sich kam, spie er den Wagen voll, der gute alte Herr, und rülpste nach Bier und Rettich. »Herzlichen Dank, meine Herren!« sagte er und fiel aus der Straßenbahn. Die Sanitäter brachten ihn mit einem komplizierten Oberschenkelbruch in das Krankenhaus. Er starb dort, der Arme, am Säuferwahn.

Sein Delirium: Kleine Kinder bekamen Bier eingeflößt, die Brust der Münchener Mutter hatte Bier statt Milch, und in den Kirchen verwandelte sich Bier in das Blut des Nazareners. Die ganze Stadt war ein Bierkeller, es gründete sich ein Verein gegen das schlechte Einschenken, der stellte den Ministerpräsidenten, und man vergaß das Vaterland, es hieß statt Bayern und Pfalz, Hopfen und Malz, Gott erhalt's!

Und während der Arme am Säuferwahn starb, kam der Vater Charlottes nach Hause. Am Hute trug er Tannenreis. Er legte sich zu Bett.

Der angestammte König, Otto von Wittelsbach, war verrückt und infolgedessen regierte der Prinzregent Luitpold, den die Welt von den Briefmarken her kennt. Er unterstützte die Künstler, ging auf die Ateliers, ging auf die Gemsjagd und Wilhelm der Zweite war ihm höchst unsympathisch. Er war schon ein alter Herr, rauchte schwere Zigarren und war allseits beliebt, denn er störte nirgends, wo er hinkam. Er sah dekorativ aus, und der Bayer liebt das Kunstgewerbe.

Die Münchener Bürger kümmerten sich nicht um Politik, und ihr ererbter Liberalismus äußerte sich nicht im Freihandel, sondern in einer Duldsamkeit gegen den Rausch, die Besoffenen. Freie Bahn dem Besoffenen, das war die Parole.

Die Museen mußten wegen dem Fremdenverkehr errichtet werden, der blühte. Jeder Maler war Professor, die Schwabinger beliebt, der Geist geduldet, die Künstlerfeste, dazu mußte man die Kunst haben. Der Mittelstand erwies wiedermal seine Kulturaufgabe, als der Stand, der die Kultur trägt. Der Kitsch blühte, Zarathustra tanzte und Isar-Athen war so gemütlich, die Stadt der Musen, der Boheme, dieser bürgerlichen spießigen Anarchisten und des deutschen Museums, dieses Wunderwerkes der Technik.

Charlottes Mutter las soeben in der Zeitung, daß Zar Nikolaus mit Imperator Rex Wilhelm zwo zusammentraf und [sie] sich herzlich begrüßten und daß der Bürgermeister von Berlin, Herr von Jagow, auf die Leute schießen ließ und daß wieder so eine Schweinerei von einem gewissen Wedekind verboten worden ist und daß Ludwig Thoma wegen Beleidigung von Vertretern von Sittlichkeitsvereinen eingesperrt worden ist, als ihr Mann eintrat. Sie fühlte sich in gewisser Weise als Siegerin über ihn und seit dieser Redoute hatte sie es sich vorgenommen, ihn ab und zu zu ärgern. Er schien ihr plötzlich minderwertig, und daß sie eine viel bessere Partie hätte machen können. Es war ihr aber, als merkte er ihre Gedanken und [da] tat er ihr wieder leid. Er setzte sich in den Stuhl und las die kleinen Anzeigen, wer gestorben ist usw., das andere, denn ob unsere Zukunft am Wasser liegt, oder nicht, das interessierte ihn nicht. Sie bildete sich ein, daß das Kind vom Attaché war, und es war doch von ihm, denn nach jener Redoute nahm er sie auch, denn das dicke Mädel war plötzlich mit einem jungen Studenten verschwunden mit wasserblauen Augen, der zum erstenmal auf einer Maskengaudi war. Der Attaché konnte nämlich gar kein Kind bekommen, das wußte er. Er war unfruchtbar, und das war gut so. Also war Charlotte rechtlich korrekt erzeugt und die geheime Hoffnung der Mutter zu Schanden geworden.

In der Nacht lag er neben ihr, sie war wach, und er sprach im Schlaf sonderbare Dinge: »Zensi«, sagte er, »Zensi -- wieso nacha hast Du sechs Kinder also, da kommts doch dann auf den einen auch nicht zusammen. Schau, Alte, wieso? Was hat der gesagt? Ich könnte auch der Vater sein? Wo ich so obacht gebn hab! Ha? So so -- also, Fräulein Bichler, leckens mich am Arsch.«

Charlottes Mutter ging in solcher Stimmung auf die Redoute.

Als Charlotte geboren wurde, war es Nacht, so eine richtige kleinbürgerlich romantische Nacht und Spätherbst. In den nahen Alpen ist es still geworden, die Luft stand unheimlich klar, und abends zog ein zarter Nebel über die schwarzen Teiche und den Wald.

Im Kaisergebirge bei Kufstein machte am selben Tage Paul Preuss, der berühmte Alpinist, die ungewöhnlich schwierige Nordwestwand des Totenkirchls. Er war der wagemutigste Alleingeher und ist auch abgestürzt, einige Jahre später. Da war aber Charlotte bereits vier Jahre alt und sie hatte noch keine Ahnung von Nordwestwänden, sie hatte noch nie einen Berg gesehen, es interessierte sie auch nicht, sie hatte eine Puppe und bohrte in der Nase und roch daran. Abends betete sie vor dem Einschlafen, ohne zu wissen, was sie daherplapperte, aber es wurde ihr so schon in frühester Jugend eingetrommelt, frei nach dem Nancyger Apotheker, daß sie ein sündiger Mensch sei und daß Gott ihr die Sünden vergeben möge. Ihre Sünden bestanden vorerst darin, daß sie die Butter mit den Fingern angriff, sich des öfteren bemachte und furchtbar schrie, wenn man sie in einer dunklen Kammer allein ließ. Sie hatte Angst vor dem Kaminkehrer. Und, daß sie Pepperl, dem Hunde, auf die Schnauze küßte.

Ich weiß nicht, ob Gott ihr das alles verziehen hat. Fest steht, daß er irgendwie auf Charlotte verärgert gewesen sein mußte, denn mit acht Jahren ist sie in der Schule durchgefallen und bekam Dyphteritis. Gott hat sie fast zu sich genommen, aber der gute Arzt, Herr Dr. Müller, hat es nicht zugelassen. Er hat mit dem Serum Kochs mit Gott gekämpft. Gott sprach: Mein Gott, jetzt erfinden sie sogar schon Serums, wie soll das enden? Jetzt gibt es schon keine

Cholera mehr, keine Pest in zivilisierten Gegenden. Nur gut, daß sie die Syphilis noch nicht ganz heilen können.

Und er bestimmte den Erzbischof von Prag, der sprach: Man darf nicht gegen die Krankheiten kämpfen, sie sind Gottes Prüfungen. Wenn einer heult, laßt ihn heulen. Wenn einer Geschwüre hat und Knochenfraß, so helft ihm nicht, denn warum hat er sich mit dem Fräulein Kitty Mesalka abgegeben? Wie? -- Aber die Welt wurde immer ungläubiger und Gottes Stimme drang nicht in die Laboratorien. Sie machte Halt vor der Klinik.

Später kam Gott auf eine sehr gute Ausrede. Er sagte, er hätte es sich überlegt. Die Dyphterie sei ab heute eine Harmlosigkeit. Aber die Menschen sollen nur nicht zu frech werden, denn zum Beispiel Zuckerkranke sind immer noch unheilbar.

Gott ersann immer neue Bazillen. Seine Erfindungsgabe ist göttlich.

Aber der Mensch wehrte sich: je nach Geldbörse.

Und Gott sprach: Es werde Krieg!

Und es ward Krieg. Und Gott sah, daß es gut war.

An die Zeit vor dem Kriege konnte sich Charlotte nicht erinnern. Als der Krieg ausbrach, war sie zehn Jahre alt. Sie hatte eine einzige Erinnerung an die

Tage vor der großen Zeit: Sie saß in einem hohen Zimmer am Boden und spielte mit Puppen und bunten Steinen und Kugeln. Draußen schien die Sonne, aber kein Strahl fiel in das Zimmer. Sie hatte das Gefühl, als wäre das Zimmer ungeheuer hoch über der Erde, derweil war es nur der dritte Stock. Und dann weiß sie, daß, wenn sie zum Fenster träte, draußen ein breiter Fluß fließen würde, tief unten in der Ferne mit einer Eisenbahnbrücke. Ein Zug fährt lautlos darüber in eine große graue Ebene mit einem Rauch aus Schlagsahne, am Horizont steht der Abend mit violetten Wolken.

Aber das ist ja alles nicht wahr. Das Zimmer ging auf einen Hof mit verkrüppelten Fliederbüschen und Kehrrichttonnen, in diesem Hofe klopften die Hausfrauen die Teppiche aus, führten ihre Hündinnen, wenn sie läufig waren, hinunter, das Kinderspielen hat der Hausherr verboten, weil sie ihm mal den Flieder gestohlen hatten und ohne Rücksicht auf eine sterbende böse Großmutter Biedermeyer im ersten Stock johlten und schrien, wie besessen. Sie spielten Verbrecher und Gendarm, jeder wollte Verbrecher sein, keiner Polizist.

Ein Psychoanalytiker hatte Charlotte mal gesagt, das Bild von der Landschaft, die es nie gab, sei so 'ne sexuelle Sache. Er wollte ihr das alles erklären, weil er mit ihr schlafen wollte. Charlotte wollte ja auch, und sie dachte sich die ganze Zeit, wenn er nur schon mal das Quatschen aufhören würde und losginge -- und er dachte, derweilen daß -- und quatschte. Am Schluß wurde aber dann doch nichts daraus, weil alle Bänke am Kinderspielplatz besetzt waren. Es war ein verpatzter Abend.

Das war drei Tage vor Kriegsende, aber wir wollen doch lieber alles der Reihe nach erzählen. Also, es gab Krieg. Krieg ist Krieg, und Charlottes Vater wurde Soldat und sie bekam Zinnsoldaten mit Schwestern, Militärärzten und Sanitätern, Verwundeten. Sie hätte lieber Soldaten gehabt, und zum erstenmale kam ihr der Gedanke, warum sie kein Junge sei. Bis dato haßte sie die Jungen, aber jetzt kam sie sich plötzlich ganz minderwertig vor. Die Leute zogen vor das Gebäude der Österreichisch-Ungarischen Gesandtschaft, sangen Gotterhalte und das Deutschlandlied. Es war ein riesiger Rausch. Der Vater sagte: Serbien muß sterbien, viel Feind viel Ehr, in drei Wochen wird er aus Paris schreiben, aber in vier Wochen war er tot. Charlotte fühlte sich stolz, einen Vater am Felde der Ehre verloren zu haben. Die anderen Mädels blickten voll Neid auf sie. Die Lehrerin in der Schule hat sie belobt und nicht beschimpft, weil sie ihre Schulaufgabe nicht richtig wußte. Sie durfte sogar früher nach Hause gehen. Sie hatte das Gefühl, alle Leute weichen ihr aus, man sieht es ihr direkt an, daß sie einen Vater dem Vaterlande gegeben hat, und das stand ihr gut.

Die anderen Mädeln waren aber nicht faul und bald fiel der Bruder der einen, der Vater der anderen und einer sogar Vater und Bruder. In der Schule erblindeten zwei Väter, fünfe verloren ein Bein, sechs den Arm, vier hatten Nervenschocks, sieben fielen, zwanzig gerieten in Kriegsgefangenschaft und einer ist desertiert. Der hernach noch sitzt. Das Reichswehrministerium war aber dagegen. Er ist nach Holland und es war eine Hausdurchsuchung. Das Mädel ist bei der Prüfung durchgefallen.

In München landete angeblich ein französisches Kriegsflugzeug, das vergiftete die Brunnen, alle Staaten erklärten einander den Krieg, das Café Fahrig wurde zertrümmert, weil an einem Tische ein bodenlos unrasierter Mann saß, der für einen Serben gehalten wurde, eine dicke alte Nonne wurde fast erschlagen, weil man dachte, sie sei ein verkleideter Mann, ein Spion. Aber sie wehrte sich so, daß die Fetzen flogen. »Sakrament«, fluchte die Nonne, »heilige Muttergottes! Ich ein Spion? Ihr Hunde, ich bin eine Deutsche, wie Ihr, Ihr Hunde!«

Aber der Krieg dauerte immer länger, es kam das erste Weihnachten im Feld. Die Presse schrieb begeistert über das deutsche Christkind, das französische Christkind, es gab auch unzählige Marien, auch ein schaumburg-lippisches Christkind. Zu dieser Zeit saß ein einsamer einfacher Mensch in der Schweiz und schrieb Aufsätze über Aufsätze, der einzige, der den Kopf nicht hängen ließ. Lenin. Verlacht und verspottet. Es wußte niemand in Deutschland, außer Berufspolitiker etwas von der Existenz dieses Fanatikers. Die Sachlichen zogen frisch fröhlich in das Stahlbad, der Fanatiker verfolgte diesen realpolitischen Wahnsinn mit scharfem Auge, bereit mit allen Mitteln zuzuschlagen, wie immer auch. Am Anfang war die Tat, sagt Goethe und schrieb den Faust. Am Anfang war das Wort, sagt Wilhelm der Zweite und führte uns herrlichen Zeiten entgegen, am Anfang war, das kümmert mich nicht, sagt Lenin. Jetzt kommt die Tat oder das Wort. Ich bin, sagt Lenin. Ich lebe.

Charlottes Mutter war aber gar nicht so patriotisch wie ihre Tochter. Sie saß bekümmert, sie sah nun das Ende kommen, den Zusammenbruch ihres Geschäftes. Mit Rücksichtslosigkeit richtet das Großkapital den Laden zu Grunde. Zuerst kam eine Bank hinein, dann eine Metzgerei. Die Mutter wurde immer schwächer und kränker, sie mußte eine Stellung annehmen im zweiten Kriegsjahr. Die Zigaretten wurden immer schlechter, die Zigarren hießen Deutsche Keule, Hindenburg, Tannenberg, Ludendorff, all das richtete sie zu Grunde. Sie nahm eine Stellung an in einem Lebensmittelgeschäft, bald gab es aber auch keine Lebensmittel mehr, sie wurde entlassen und bekam pro Monat 15 Mark, für dafür, daß ihr Mann im Krieg fiel. Sie hat ihren Mann gegen Raten verkauft, mit einer monatlichen Abzahlung mit 15 Mark.

Es ging ihr immer schlechter. Charlotte konnte nun nicht mehr Lehrerin werden, sie wurde auch Verkäuferin, dann später kam sie in die Lehre zu einer Kellnerin. Das war eine dicke Frau, die im Krieg dreißig Pfund abgenommen hat, und froh war darüber. In dem Lokal verkehrten viele Soldaten. Einmal kam ein trauriger Soldat und setzte sich, hat sich besoffen, und sang das Lied: »Ja, nimmt denn das Elend schon gar kein End«, bald erschien eine Patrouille und nahm ihn mit. Er hatte sich gedrückt. Sie haben ihn verprügelt. Und später standrechtlich erschossen.

Die Kriegslust wurde immer schwächer. In der Schule waren nun nur mehr die Kinder der Reichen, die Armen mußten heraus. Diese Reichen wurden zum Jungsturm gezwungen und zur Wehrkraft, sie waren alle begeistert, denn sie spielten gerne Soldaten. Auch ich. Ich erinnere mich an Kurt Eisner, an die Unruhen am Marienplatz. Ein Arbeiter sagte zu mir: »Bürscherl! Willst gegen uns, gelt?« Und gab mir eine Ohrfeige, ich war ihm nicht bös, ja der Mann hatte recht. Furchtbarer Haß ergriff mich gegen die Polizisten, die auf die Leute einschlugen, und ich schämte mich über mich. Ich riß die Kokarde von der Mütze, 1917, versteckte die Mütze. Ein Herr hatte das gesehen und gab mir eine Ohrfeige. Ich spürte den Haß in mir, ich erkannte damals mit vierzehn Jahren den Feind.

Wir hatten Übungen in Immenstadt. Waren schwul und betrogen die Kellnerin in der Konditorei. Die Soldaten sahen uns schief an und spuckten aus. Wir sind auf den Stuiben hinaufgehetzt worden, es war sicher gesund, aber das Gesundsein war hier nur Mittel zum Zweck.

Charlotte war in der ersten Zeit Eisverkäuferin. Sie stand im Dienste eines alten blonden Mannes, der sie auch entjungferte. Sie hätte sonst diese Stelle nie bekommen. Wir kauften bei ihr Eis und waren zwar nicht verliebt, aber wir markierten alle die Liebe. »Solche Kerle werden alle Verbrecher«, hatte der Lehrer gesagt, »die ganze Generation.« Die Generation vor uns starb, es war nicht unsere Schuld, also ging es uns nichts an. Heute heißt es, die Jüngsten und die

Ältesten. Wir hörten von phantastischen Orgien der Offiziere, ein Schulkamerad von mir hatte einen Bruder, der war Leutnant, und von dem erzählte er uns immer phantastische Geschichten. Von Französinnen, besonders raffiniert, und Belgierinnen und verhaltenen Russinnen. Wir kannten sie alle, wie sie lieben. In der Nähe unserer Schule war ein Weinlokal und da verkehrte die Mannschaft, am Tage war es finster und abends drang ein mysteriöser Schein heraus. Es hieß, man könne sie haben für einige Mark. Einer ist hinein und hat uns dann alles erzählt. Ich bin auch hinein. Das Mädel (ins Innsbruck), der Bauer als Soldat im Zimmer, der Operationsstuhl.

Wir waren dreizehn Jahre alt. Wurden vierzehn. Und das Verhältnis zu Charlotte wurde immer eindeutiger. Ich ging mal mit ihr spazieren, es war Nacht und sternenklar. »Wieso«, hab ich gesagt, »bist du entjungfert worden?« An diesem Abend fielen viele an den Fronten, es wurde eine große Schlacht geschlagen. Wir wechselten die Stimme während des Kanonendonners, wir waren in der Pubertät. Das Weltschmerzliche ging auch uns an, aber wir überwanden es bald. Ringsumher war alles Dreck, und das Erwachen unserer Gefühle kam uns komisch vor. Wir waren nicht mehr der Mittelpunkt. Wir höhnten, gingen unter oder überwanden, es gab nur dieses beide. Ein Ausweichen gab es für uns nicht. Nur die Reichen, die spürten genauso, nur, daß sie später erkannten, daß ihr Vorteil in der Betonung des Persönlichen liegt.

Zu all diesen Problemen hatte ein Mädel, wie Charlotte, keine Zeit. Die reichen Weiber stellten sich solche Probleme, aber wenn sie über so etwas nachdachte, hieß es sofort, sie sei faul, während die reichen Weiber sich behandeln ließen.

Ab ihrem dreizehnten Jahre hatte sie keine Zeit bis zu ihrem zwanzigsten. Dann war sie zwei Jahre arbeitslos. Aber sie hat ihre Ansichten nicht geändert, nur verhärtet.

Ihre Mutter war auch gestorben und Charlotte stand allein auf der Welt. Ihre Mutter starb vor dem Krieg, sie hatte zuviel Kunsthonig gegessen und starb an Vergiftung. Die Fälle wurden seinerzeit verschwiegen, um die Begeisterung über den Kunsthonig nicht zu beeinträchtigen.

Die Reise ins Paradies

Wien, 7. August 35

Lieber Bruder,
wo steckst Du? Ich hab ja schon ewig lang nichts mehr von Dir gehört, aber ich habe kein Recht, Dir Vorwürfe zu machen, denn ich bin auch schreibfaul. Ich hab immer Angst, daß ich nichts mitzuteilen habe. Alles, was mir passiert, wird im Moment, da es hinter mir liegt, nicht mehr mitteilungswert. Mein Leben läuft einförmig dahin, ich hab kein Geld und ich schreibe, was sich trifft. Ich möchte gern einen Film schreiben, aber da reden soviel mit und die Leut verstehen meinen Stil nicht. Worüber ich lache, da werden sie ernst, was ich für blöd find, finden sie geistvoll, was ich tragisch, finden sie sinnlos. Ich weiß nicht, woher das kommt, wahrscheinlich von mir. Also, ich schreib nichts für den Film. Auch für das Theater kaum mehr. Mein letztes Stück war ein Durchfall, ich habe viele Szenen gestrichen, aber wenn die drin geblieben wären, wärs ein Erfolg gewesen. Ich glaube aber überhaupt, daß das Theater keine Zukunft hat, es fehlt die Jugend, und es macht sich jeder sein eigenes Theater, da jeder eine Rolle spielt. Für das Schicksal anderer ist wenig Interesse vorhanden, nur für

die Situationen anderer, in die sie geraten können. Aber das wird Dich langweilen und mich langweilts auch. Wenn ich nur Geld hätte! Dann wär ja alles in Ordnung, ich weiß zwar, daß Geld allein nicht glücklich macht, aber »alles« ist auch ein relativer Begriff. Nun hab ich mich entschlossen, ein Buch zu schreiben, und zwar mit Dir. Du bist doch Maler und Du könntest es gleich illustrieren, aber es dürfte kein illustrierter Roman werden, sondern es müßte mehr ein Bilderbuch sein. Schreib mir doch, bitte, ob Du Lust hättest, mit mir so was zu machen. Ich schicke den Brief noch an Deine alte Adresse, ich bin zwar überzeugt, daß Du verzogen bist, aber hoffentlich tut die Post Ihre Pflicht und sendet es Dir nach.

Dein Bruder.

Antwerpen, 9. Dezember 35

Lieber Bruder,
die Post tat ihre Pflicht, ich erhielt Dein ausführliches Schreiben, wenn auch ein halbes Jahr später, denn ich bin inzwischen zwanzigmal umgezogen, weil alle Hausfrauen Bestien sind! Keine hat es mir erlaubt, daß ich in der Nacht musizier, und sing! Meine Freunde titulierte sie »Bürscherl« und meine Freundinnen belegte sie mit niederen Worten.

Deinen Brief versteh ich nicht ganz, Du weißt, daß ich nicht sehr gerne denke, selbst ja, aber nicht mit anderen zusammen. Ich hab bloß verstanden, daß Dein letztes Stück kein Erfolg war, was mir leid tut, und daß Du mit mir zusammen einen Roman schreiben willst, den ich illustrieren soll, was mich freut. Aber ich finde es einen Mist. Ein illustrierter Roman ist nichts, man phantasiert für den Leser, und da wird der Leser meistens bös. Denn was ihm schon einmal vorphantasiert worden ist, das möchte er allein nachphantasieren und da hat er recht.

Aber schreib mir doch mal, was Du für eine Idee hast, wenn wir jetzt auch weit getrennt sind, vielleicht können wir was zusammen machen. Ich fahr morgen nach China, als Matros. Was soll ich hier noch als Zeichner? Ich hab zuviel Schulden. Schreib mir Schanghai postlagernd. Vielleicht könnens wir auf die Entfernung hin machen.

Hier gefällts mir nicht mehr. Damit Du eine Ahnung hast, zeichne ich Dir hier eine Galerie der Hausfrauen, unter denen ich litt. Die mit dem Stern (x) bezeichnete, hat meinen Grammophon zurückbehalten. La furie = die Furie.

Dein Bruder.

am 18. April

Lieber Bruder,
also hat Dich mein Brief, doch erreicht, ich dachte wirklich nicht mehr daran! Der Deine hat sich auch verspätet, da ich inzwischen auch umgezogen bin, zu Freunden, denn ich hab gar kein Geld. Schreib bald wieder und glückliche Weihnachten!

Meine Idee wäre die Geschichte eines Mannes, eine Reisegeschichte, der in der Zeit zurückfährt. Ich hab mal einen geistig Beschränkten gekannt, der arme Sobottka, der hat immer gesagt, er möcht in andere Zeiten fahren. Eigentlich ist es also nicht meine Idee. Aber vielleicht interessiert Sie Dich und die anderen. Denn man kann aus allem heraus, nur nicht aus seiner Zeit.

Dein Bruder!

Lieber Bruder,
daß Du nach Schanghai fährst, erstaunt mich sehr. Aber vielleicht hast Du recht und man soll die Welt kennen lernen. Daß Du trotzdem mitarbeiten willst, freut mich sehr. Wir haben beide Zeit zu verlieren also es macht nichts, wenn wir lange brauchen.

Dein Bruder.

Der sichere Stand

Einst kletterte ein Kletterer über einen berüchtigten ungemein brüchigen Grat empor --- und fürwahr! er war ein kühner Bursche: denn selbst von Zacken mit Zipperlein (die nur noch den erlösenden Rülps ersehnten, um die Fahrt nach dem Friedhof tief unten im Kar antreten zu können) rief er denen, die hinter ihm herkletterten, zu:

»Kommt immer nur nach! Habe sicheren Stand!«

Und einmal hielt er sich gar nur mit zwei Fingerspitzen der linken Hand an einem kaum sichtbaren Griff, doch schon rollte er rasch mit der Rechten das Seil ein und schrie:

»Sicherer Stand!«

--- da seufzte sein Griff und brach ab: kopfüber flog er aus der Mutterwand und mit ihm unser Kletterer, während ein scharfer Stein schmunzelnd das Seil durchbiß --- --- und erst nach gut fünfhundert Metern klatschte er wie eine reife Pflaume auf eine breite Geröllterrasse. Aber sterbend schrie er noch seinen Gefährten zu:

»Nachkommen! Sicherer Stand!«

War das ein Optimist!!

Legende vom Fußballplatz

Es war einmal ein armer kleiner Bub, der war kaum sieben Jahre alt, aber schon loderte in ihm eine Leidenschaft: er liebte den Fußball über alles.

Bei jedem Wettspiel mußt er dabei gewesen sein: ob Liberia gegen Haidhausen, ob Belutschistan gegen Neukölln --- immer lag er hinter einem der Tore im Grase (meistens bereits lange vor Beginn) und verfolgte mit aufgerissenen runden Kinderaugen den mehr oder minder spannenden Kampf. Und wenn ein Spieler grob rempelte, ballten sich seine Händchen erregt zu Fäusten und mit gerunzelter Stirne fixierte er finster den Übeltäter. Doch wenn dann vielleicht gar gleich darauf des Schicksals Laune (quasi als Racheakt) ein Goal schoß, so tanzte er begeistert und suchte strahlend all den Anderen, die um ihn herum applaudierten, ins Antlitz zu schauen. Diese Anderen, die neben ihm lagen, waren ja meistens schon um ein oder zwei Jahre älter und andächtig horchte er, wenn sie sich in den ungeheuerlichsten hochdeutschen Fachausdrücken, die sie weiß Gott wo zusammengehört hatten, über die einzelnen Spieler und Clubs ergingen; ergriffen lauschte er trüben Weissagungen, bis ihn wieder ein wunderbar vollendet geköpfter Ball mit sich riß, daß sein Herz noch höher flog wie der Ball.

So saß er oft im nassen Grase. Stundenlang.

Der Novemberwind schmiegte sich an seinen schmalen Rücken, als wollt er sich wärmen und hoch über dem Spielplatz zog die Fieberhexe ihre Raubvogelkreise.

Und als der Schlußpfiff verklungen war, da dämmerte es bereits; der kleine Bub lief noch einmal quer über das Feld und ging dann allein nach Hause. In den leeren Sonntagsstraßen war es ihm einigemale als hörte er Schritte hinter sich: als schliche ihm jemand nach, der spionieren wolle, wo er wohne. Doch er wagte nicht sich umzuschauen und beneidete den Schutzmann, der solch große Schritte machen konnte. Erst zuhause, vor dem hohen grauen Gebäude, in dem seine Eltern den Gemüseladen hatten, sah er sich endlich um: ob es vielleicht der dicke Karl ist mit dem er die Schulbank teilt und der ihn nie in Ruhe läßt --- aber es war nur ein dürres Blatt, das sich mühsam die Straße dahinschleppte und sich einen Winkel suchte zum Sterben.

Und am Abend in seinem Bette fror er trotz tiefroter Backen; und dann hustete er auch und es hob ihn vornüber, als haute ihm der dicke Karl mit der Faust in den Rücken.

Nur wie durch einen Schleier sah er seiner Mutter Antlitz, die am Bettrande saß und ihn besorgt betrachtete; und er hörte auch Schritte im Zimmer, langsame, hin und her: das war Vater.

Der Nordwind hockte im Ofenrohr und zu seinem Gesumm fingen Regenbogen an einen Reigen um ihn zu tanzen. Er schloß die Augen. Da wurd es dunkel. Und still.

Doch nach Mitternacht wich plötzlich der Schlaf und feine Fingerknöchelchen klopften von außen an die Fensterscheibe --- und er hörte seinen Namen rufen --- »Hansl!« rief eine sanfte Stimme --- »Hansl!«

Da erhob sich der kleine Bub aus seinem Bette, trug einen Stuhl vor das Fenster, erkletterte ihn und öffnete ---: draußen war tiefe stille Nacht; keine Trambahn läutete mehr und auch die Gaslaterne an der Ecke war schlafen gegangen und --- vor seinem Fenster im vierten Stock schwebte ein heller Engel; der ähnelte jenem, welcher Großvaters Gebetbuch als Spange umschloß, nur, daß er farbige Flügel hatte: der linke blau und gelb: das waren die Farben des Fußballvereins von Oberhaching; der rechte rosa und grün: das waren die Farben dessen von Unterhaching; seine schmalen Füße staken in purpurnen Fußballschuhen, an silberner Sternenschnur hing um seinen Schwanenhals eine goldene Schiedsrichterpfeife und in den durchsichtigen Händen wiegte sich ein mattweißer Fußball.

»Schau ---« sprach der Engel --- »schau!« und köpfte den Ball kerzengerade in die Höhe; der flog, flog --- bis er weit hinter der Milchstraße verschwand.

Dann reichte der Himmlische dem staunenden Hansl die Hand und lächelte: »Komm mit --- zum Fußballwettspiel ---«

Und Hansl ging mit.

Wortlos war er auf das Fensterbrett gestiegen und da er des Engels Hand ergriffen, da war es ihm als hätte es nie einen dicken Karl gegeben. Alles war vergessen, versank unter ihm in ewigen Tiefen --- und als die beiden an der Milchstraße vorbeischwebten, fragte der kleine Bub: »Ist es noch weit?«

»Nein«, lächelte wieder der Engel, »bald sind wir dort.« Und weil Engel nie lügen, leuchtete bald durch die Finsternis eine weiße rechteckige Fläche, auf die sie zuflogen.

Anfangs glaubte Hansl, es wäre nur ein Blatt unliniertes Papier, doch kaum, daß er dies gedacht hatte, erfaßte sein Führer auch schon den Rand; nur noch ein Klimmzug und es war erreicht!

Doch wie erstaunte da der kleine Bub!

Aus dem Blatt unliniertem Papier war eine große

Wolke geworden, deren Oberfläche ein einziger herrlich angelegter Fußballplatz war; auf buntbewimpelten Tribünen saßen Zuschauer wie sie in solcher Zahl unser Kleiner noch bei keinem Wettspiel erlebt hatte. Und das ganze Publikum erhob sich zum Gruß und aller Augen waren voll Güte auf ihn gerichtet, ja selbst der Aufseher, der ihn doch sonst immer sofort hinter das Tor in das nasse Gras trieb, führte ihn unter fortwährenden Bücklingen auf seinen Platz: Tribüne (!) Erste Reihe (!!) Mitte (!!!)

»Wie still nur all die Leute sind!« meinte der kleine Bub. »Sehr recht, mein Herr«, lispelte der Aufseher untertänig, »dies sind ja auch all die seligen Fußballwettspielzuschauer.«

Unten am Rasen losten die Parteien nun um die Sonneim-Rücken-Seite und --- »das sind die besten der seligen Fußballspieler«, hörte Hansl seinen Nachbar sagen; und als er ihn ansah, nickte ihm dieser freundlich zu: da erkannte er in ihm jenen guten alten Herrn, der ihn einst (als Borneo gegen Alaska verlor) vor dem dicken Karl verteidigte; noch hielt er den Rohrstock in der Hand mit dem er dem Raufbold damals drohte. Wie der dann lief!

Unermeßliche Seligkeit erfüllte des armen kleinen Buben Herz. Das Spiel hatte begonnen um nimmermehr beendet zu werden und die Zweiundzwanzig spielten wie er noch nie spielen sah. Manchmal kam es zwar vor, daß der eine oder andere dem Balle einfach nachflog (es waren ja auch lauter Engel) doch da pfiff der Schiedsrichter (ein Erzengel) sogleich ab: wegen unfairer Kampfesweise.

Das Wetter war herrlich. Etwas Sonne und kein Wind. Ein richtiges Fußballwetter.

Seit dieser Zeit hat niemand mehr den armen kleinen Buben auf einem irdischen Fußballplatze gesehen.

Begegnung in der Wand

Als einst der geübte Bergsteiger von einer hehren Alpenzinne herabkletterte, begegnete er in der sich nach unten zu einem äußerst schwierigen Kamin verengenden plattigen Rinne dem ungeübten Bergsteiger.

Der lag schon seit einigen Jahren an dieser Stelle. Kopfabwärts. Sein Rückgrat war gebrochen und lugte nun aus seiner Kehle wie eine schlechtsitzende Krawatte; dadurch hing sein Schädel hinten herunter als hätt er den Hals vergessen. Statt Kleider flatterten im kühlen Bergwind nur Fetzen der Wickelgamaschen um seine Knochen, auf denen sich am relativ besten die Fleischteile über der Brust behaupteten. Und er besaß nur mehr einen Arm, denn der andere hatte bereits zu letzt Frühjahr seinen Rumpf verlassen und war nach unten in die finstere Randkluft geflogen. Das Fliegen hatte jener wahrscheinlich den Jochgeiern abgeguckt, denen die Augen seines Herrn seinerzeit als Leckerbissen mundeten.

Da nun der geübte Bergsteiger neben diesem Wesen an der Wand klebte, sprach er nach kurzem Gruße:

»Wenn ein Ungeübter mit solch Schuhzeug (geschweige denn Kletterschuhe) hier herunterklettert, obendrein allein, so hab ich kein Mitleid!«

»Verzeihen Sie --- « erwiderte der ungeübte Bergsteiger »verzeihen Sie, daß als ich noch klein war über meinem Bette ein Gebirgsbild hing; denn seit jenen Jahren hört ich sie singen in mir: die Sehnsucht nach den blauen Bergen --- ohne jemals auch nur einen Hügel erblickt zu haben. Und dies war meine erste ---«

»Man merkts«, unterbrach ihn der Geübte und hielt sich die Nase zu.

»Jaja!« nickte die Leiche und lächelte leise. »Sichere Kletterer behalten immer Recht: es duftet nicht nach Hyazinthen --- jedoch ich hoffe Sie werden mir trotzdem einen Gefallen tun: wenn Sie auch kein Mitleid mit mir haben. Aber ich sehe: Sie sind geübt und gelangen daher wieder heil hinab ins Tal. Und ich bitte: wären Sie nicht so liebenswürdig diese Postkarte, die ich bereits vor zwei Sommern an meine Mutter in Tilsit schrieb, mitzunehmen und in einen Briefkasten zu befördern?«

»Warum nicht?«

»Warum ja? --- haben Sie Angst?«

»Geben Sie die Karte her!!« schrie da der Sichere --- und kaum fühlte er sie in der Hand, kletterte er fluchtartig, als drohten ihm Gewitterfinger, fort ohne Gruß von dem redseligen Leichnam.

Doch dieser hat ihm noch freundlich nachgewunken mit seinem einen Arm: als er unten über den Ferner lief --- bis er verschwand: dort hinter dem Buckel wo die Hütte liegt im Tal, das schon ganz in Schatten versank.

Und bald umrangen auch Nachtnebel grau die verlassenen Gipfel und die Dunkelheit hielt Hochzeit im stillen Kar. Und irgendwo sang ein Salamander Ständchen ---

Da grub der ungeübte Bergsteiger aus einer Felsenspalte einen Führer hervor und las nach, welch Wand oder Grat seiner blauen Berge er noch nicht erklettert hat.

Denn die Nächte gehören den Abgestürzten.

Die Mauerhakenzwerge

Unzählbare Mauerhaken stecken in Spalten und Falten der Felsen. Auf diesen turnt in Neumondnächten ein gar lustiges Völklein: die Mauerhakenzwerge.

Da machen sie Handstand und Purzelbaum und nie kugelt einer herunter, denn sie sind derart winzig leicht, daß sie in der Luft klettern, wie wir, beispielsweise, in einem Kamin.

Aber am Tage bleiben sie unsichtbar und treiben mit den Bergsteigern harmlosen Ulk. So unter anderem, wenn einer klettert, kneifen sie ihn in die Ohren oder krabbeln an seiner Nase, damit er sich kratzen muß; und kichern wenn er flucht.

Gerät aber ein Gerechter in Lebensgefahr und finden seine zitternden Glieder weder Griff noch Tritt --- so schweben die Mauerhakenzwerge heran und schmiegen sich dort an die Wand, wo er gerade einen Griff oder Tritt erfleht: wie ein Bienenschwarm mit weißen wallenden Bärten unter Tarnkäppchen und lassen sich als Stufe benützen --- und der solch Stelle überwand, wundert sich hernach selber, wie dies nur möglich gewesen sei!

Freilich: an die braven Mauerhakenzwerge denkt keiner.

Und es sind doch so sehr sympathische Leute!

Die Eispickelhexe

Hoch droben in dem Lande in dem es weder Wälder noch Wiesen nur zerklüftete Eisäcker gibt, dort haust die Eispickelhexe.

Statt den Zehen wuchsen ihr Pickeispitzen und ihre Zähne sind klein und aus blauem Stahl. Ihre Brüste sind mächtige Hängegletscher und --- trinkt sie Kaffee mit Gemsenblut, darf niemand sie stören. Nicht einmal die Mauerhakenzwerge.

Sie ist aller Eispickel Schutzpatronin.

Drum in den Nächten auf den Hütten, wenn jene sich unbeobachtet meinen, schleichen sie aus den Schlafräumen ihrer Herrn: von den Haken herab, aus den Ecken heraus, unter den Bänken hervor --- unhörbar zur Türe hinaus. Dort knien sie nieder und falten ihre Pickelschlingen und beten zum Schutzpatron um guten Schnee ---

Die Beratung

Es war einmal ein Bergsteiger, der vernachlässigte in gar arger Weise seine Ausrüstung. Das ließ sich diese aber nicht länger mehr gefallen und trat zusammen zur Beratung.

Die Nagelschuhe fletschten grimmig die Zähne und forderten, da er sie ständig fettlos ernähre, seinen sofortigen Tod. Darin wurden sie vom Seil unterstützt. Die Kletterschuhe zeigten ihre offenen Wunden dem Rucksack, der noch etwas ungläubig tat, da er erst gestern aus dem Laden gekommen war, und erzählten ihm erbebend den jeglicher Zivilisation hohnsprechenden Martertod seines Vorgängers. Der Eispickel bohrte sich gehaltvoll bedächtig in den Boden und sprach: »Es muß anders werden!« Und die Windjacke kreischte empört: »Er zieht mich sogar in der Stadt an!«

Endlich ward man sich einig über seinen Tod bei der nächsten Tour:

Die Windjacke sollte sich zuhause verstecken um überhaupt nicht dabei zu sein. Zuerst müßten dann die Nagelschuhe, vornehmlich mit ihren besonders spitzen Absatzzähnen, seine Fersen und Sohlen blutig beißen. Später in der Wand wird ihn der Rucksack aus dem Gleichgewicht bringen, wobei sich die Kletterschuhe aalglatt zu benehmen haben --- und sogleich wird der Pickel in seine Gedärme dringen und das Seil ihn mit einer Schlinge erwürgen.

Jedoch zu selbiger Zeit glitt der Bergsteiger auf der Straße über eine Apfelsinenschale und brach sich das Bein. Und --- er würde sicher nicht mehr fluchen, daß er nun nie mehr in die Berge kann, wüßte er von der Beratung.

Aus Leichtathletikland

Als jener geniale Mensch, der als erster seines Geschlechtes aus der Baumwipfelheimat zu Boden sprang --- da wurd die Leichtathletik geboren.

Zu jenen Zeiten wuchs in allen Ländern nur Urwald --- und schüchtern schritt das Gehen durch Dickicht und Dschungel.

Doch eines Abends grunzte im Moor das Riesenschwein und wieder verdämmerte ein Zeitalter; ein neues pochte an die Pforten unseres Planeten: denn nun *lief* das Gehen!

Jedoch erst vieltausend Jahre später teilte der Häuptling die Menschheit in Kurzstrecken und Langstreckenläufer. (denn naturgemäß mußte lange Zeit verfließen, ehe selbst ein Häuptling zwischen Schenkel und Schenkel unterscheiden konnte)

Und nun lief das Langstreckenlaufen unzählbare Male um die Erde und wurd weder müde noch alt --- aber der Wald ward gar bald zum Greis; die vielen Jahre hatten Höhlen in seine Knochen gegraben und saßen nun drinnen und sägten und sägten; und fällten die stolzen Stämme, deren Leichen das Langstreckenlaufen oft zu meilenlangen Umwegen zwangen.

Eines Morgens flog an dem Langstreckenlaufen ein Schmetterling vorbei, der derart lila war, daß das

»Lang« ihm sogleich nachhaschte wie ein einfältiges Mädchen. Über die Lichtung und dann immer tiefer und tiefer hinein in den Wald. Bis die Sonne sank, der Falter verschwand und die Nacht hob die dunkle Hand. Nun erst griff sich das »Lang« an die Knie (seinen Kopf) und machte kehrt --- doch wohin es sich auch wand, überall lagen Leichen der Riesenbäume.

Sechs Tage und sechs Nächte saß nun das »Lang« gefangen auf Moos und spreizte verzweifelt die Zehen. Es war still --- nur ab und zu stöhnte ein sterbender Stamm. Und die Luft murmelte lau ---

In der siebenten Mitternacht (es war vor Angst bereits halbtot) rief eine helle Stimme:

»Siehe, dort liegt eine tote Tanne! Gehe hin und befolge das Gebot, du Auserkorener!«

Da senkte das Langstreckenlaufen gläubig die abgezehrten Zehen und rannte blind und bleich auf die dunkle Masse zu --- zwei Urhasen im Unterholz schrien gellend auf, denn sie sahen es bereits mit gespaltenen Kniescheiben vermodern --- jedoch im allerletzten Augenblick hob ein beflügeltes weißes Wesen das »Lang« über den toten Riesen und ließ es drüben unversehrt zu Boden gleiten. Da falteten die beiden ungläubigen Urhasen die Ohren und lobpreisten laut die Allmacht; es war ja ein Wunder geschehen: Hochsprung ist erstanden!

Wie unendliche Heuschreckenschwärme flog das Gerücht vom heiligen Hochsprung über die Welt und allüberall sang man Dankchoräle. Als aber kurze Zeit darauf auch das Kurzstreckenlaufen einen Hochsprung vollführte, glaubte niemand mehr an das Wunder. Und die folgende Generation glaubte überhaupt nichts mehr --- denn nun konnte ja jeder schon vom dritten Lebensjahre ab hochspringen. Sogar aus dem Stande.

Da aber erzürnte der liebe Gott gar sehr ob der allgemeinen Gottlosigkeit und sprach zum Eis:

»Eis, tust du meinen Willen nicht, so geb ich dir die Sonne zum Gemahl!«

Sogleich warf sich der Vater aller Winter auf den Bauch vor Gott; und gerade dort, wo er den Nabel trug, drehte sich die Erde.

(--- und grimmige Kälte und grüner Frost erwählten die Erde zu ihrem Brautbett und finstere Stürme triumphierten. Alles erstarb ohne verwesen zu dürfen.

Es waren Bilder, wie sie grausiger kaum an Verfolgungswahn leidende Insassen der Hölle hätten malen können. Die wenigen, deren Blut nicht stillstand, hausten in Höhlen und weinten bittere Eiszapfen)

Und das Eis sprach zu Gott:

»Ich werde dein Wille, Herr!« Und der Allgütige

antwortete: »So stehe auf! Denn allein wenn du so sagst, sind sie genügend gestraft!«

Kaum war das Wort verklungen schien die Sonne wieder auf die Erde und all die Eiszapfentränen schmolzen und bildeten mächtige Ströme --- überall; einmal sogar zwischen einem Liebespaar.

So entstand der Weitsprung.

Und selbst die reuigsten Sünder konnten nicht umhin fest zu fühlen, daß dies kein Wunder sei, sondern nur natürlich. Daher beantragten sie (eben weil es kein Wunder war) ein Weitsprungverbot. Aber ebenweil es natürlich war blieb es immer nur beim Antrag.

Erst bedeutend später verfertigte ein Geistvoller, der weder Gott noch Weib verehrte, einen Stab, mit dem der Hochsprung einen hochaufgeschossenen Sohn zeugte:

den Stabhochsprung

der heutzutage besonders beim Sportphotographen beliebt ist.

Das Sprungbrett

Ein Sprungbrett ärgerte sich grün und gelb, da es ständig nur solche Gedanken spann:

»Bei Poseidon! Es ist doch empörend, daß sich diese Springer nur dann in die Höhe schnellen können, wenn sie mich niederdrücken!

Und an einem heißen Sommersonntagnachmittag riß ihm endlich die Geduld: als nun Einer, der es durch seine zahllosen Kopfsprünge am häufigsten gedemütigt hatte, zum Salto ansetzend es zum ixtenmal brutal hinabdrückte, brach es sich einfach selber ab.

Dadurch fiel der Springer aber weder auf Hirn noch Hintern, sondern platschte auf seinen Bauch, der platzte. Da war er tot.

Sehr stolz ob dieser gewonnenen Schlacht wiegte sich nun das Sprungbrett auf den Wellen. Doch bald und unerbittlich kam die Erkenntnis, daß der Sieg wohl an der Form, nicht aber am Wesen seiner Lage eine Änderung brachte: denn nun wurde es eben als Balken von ermüdeten Schwimmern mißbraucht, die sich auf ihm ausruhten indem sie es niederdrückten.

Moral:

Solange ein Sprungbrett das Schwimmen nicht verbieten kann, solange entgeht keiner seinem Schicksal!

»Nur auf die Bindung kommt es an!«

Es waren einmal zwei Schneeschuhläufer.

Der eine konnte hervorragend laufen, besaß aber, da er sehr arm war, nur billigste Bindung auf schlechten Brettern.

Der andere konnte überhaupt nicht laufen, höchstens stehen, besaß aber, da er sehr reich war, vorteilhafteste Bindung auf wundervollgeschwungenen Brettern.

Nun sprang der Arme über den Hügel so an die vierzig Meter, brach sich aber der vermaledeiten Bindung wegen den Knöchel.

Der Reiche sah ihm dabei zu und dachte nicht daran zu springen; war vielmehr froh, daß er stand.

Und der Sachverständige sprach:

»Nur auf die Bindung kommt es an!«

Der Fallschirm

Ein Fallschirm sprach zum Flieger, seinem Herrn: »Zahlst du mir heut Abend wieder kein Glas Bier, so verschließe ich mich, springst du morgen aus dem Flugzeug, wie eine hartherzige Geliebte!«

Doch der Flieger lachte nur:

»Du mußt dich öffnen, mein Lieber, kenne dich ja zu genau!«

Aber der Fallschirm fuhr fort:

»Ich weiß, daß du mich erfunden und erbaut, jedoch: hüte dich! Denn folgst du etwa dessen Geboten, der dich ersann? Beichtest du, fastest du --?«

Da erbleichte der Flieger, sein Mut erstarrte zu Angst und er lief zum Priester beichten und tat im Dom das feierliche Gelöbnis, daß er von nun ab jeden Freitag fasten werde.

Aber trotz all dem tötete ihn tags darauf sein Fallschirm: der hat seine Drohung verwirklicht -- weil er sich selber das Bier zahlen mußte.

Was ist das?

Zwei Schwergewichte werden als Zwillinge geboren und hassen sich schon in der ersten Runde ihres Daseins. Aber nie reicht die Kraft, um den anderen im freien Stil zu erwürgen, nie wirken die heimlich im Ring verabreichten Gifte genügend gefährlich und alle Schüsse aus dem Hinterhalt prallen von den zu Stein trainierten Muskelteilen (vom Gürtel aufwärts!) ab.

Und so leben die beiden neunzig Lenze lang.

Aber eines Nachts schläft der eine beim offengelassenen Fenster, hustet dann morgens und stirbt noch am selbigen Abend.

Was ist das?

Ein Punktsieg.

Lachkrampf

Skizze

Die Geschichte, die ich hiemit mir erlaube Ihnen zu erzählen, ereignete sich in einem Tanzlokal. Nicht in einem jener Tanzpaläste, deren Straßenfassaden mit der lässigen Grausamkeit wohlhabender Ästheten über Nacht, Nässe und Schmutz lächeln. Es war auf einem jener Tanzböden, die sich nur »Palast« nennen, mehr aus Größenwahn, als aus Höflichkeit gegen ihre Gäste.

Diese Säle haben keine Sektnischen wie Seitenaltäre. Man trinkt Bier, und jeder, der eintritt und den klebrigen Samtvorhang zur Seite schiebt, überblickt sogleich den ganzen Raum; links, dort hinter der Säule am dritten Tische saß die Charlotte Mager mit Ulrich Stein. Woher ich die beiden kenne? Na, hören Sie! Das Mädchen saß doch zwo Jahre als Stenotypistin bei Buck et Co. Der rote Buck ging bekanntlich pleite und turnt heute als Agent durch die Treppenhäuser wie der Orang im Zoo. Die Mager saß dann bei ihrer verheirateten Schwester, einem knochigen langen Elend, mit Augen, als bekäme sie den Stockschnupfen nimmer los. Ob sie noch heute da wohnt? Ich glaube es kaum, da das schwägerliche Paar samt Bubi bloß ein möbliertes Zimmer mit Küchenbenützung --- und der Ulrich Stein, den lernte ich vor Jahren auf dem Landsitz seiner verwitweten Mutter kennen. Einer herzensfeinen hochgebildeten alten Dame, die nach dem Tode ihres geliebten Gatten die Rolle der gefeierten Gesellschaftserscheinung ablegte und sich nur mehr der Ergänzung ihrer anerkannt herrlichen ostasiatischen Sammlung, die drei Zimmer füllt, widmete. So lebt sie nun still und bescheiden. Ulrich studiert Musik. Ob er sich einst Lorbeeren erdirigieren wird, fiel mir nicht auf. Sein Äußeres wirkt beruhigend wie ein vornehmes Treppenhaus, und als wohlerzogener junger Mann ist er nicht bar des sozialen Verständnisses. Ja, er beschwört sogar, alle Abendkleider zu hassen und nur einfache Mädchen, gewissermaßen aus dem Volke, zu lieben. Er vertritt nämlich die Auslegung, daß Liebe Mitleid sei. Aber zum zweiten Stelldichein kommt er nicht mehr, denn er lechzt nach immer neuen Erschütterungen. Eine echte Künstlernatur, hat er statt Gewissen nur formvollendete Ausreden. Das dem Schicksal nie entrinnen können und so.

Er hatte mit der Mager soeben zum drittenmale getanzt. Musikpause. Die zwei Lichtenberger Broadway-Boys samt »Stimmungskanone« Walterchen setzten sich an den Tisch neben den Toiletten und der Ober mit dem Chaplingang brachte ihnen den kontraktlich vereinbarten Tee mit Kuchen. Eine Blumenfrau hinkte von Gast zu Gast, der Ventilator surrte, drei Männer kamen gewichtig herein, wässerigen Schnee am Absatz. »Es schneit«, sagte Charlotte. Er kaufte ihr zwei Rosen. Sie lächelte: »Rosen im Winter! Man sollte in Betten voller Rosen liegen! Wenns nur wieder Sommer wär!« Das ist Kitsch, durchzuckte es unsern Ulrich, übelster Kitsch! Pfui, Dreiteufel! Und infolge seines unstreitbar vorhandenen ästhetischen Feingefühls, packte ihn die Wut über solch sentimentalen Dreck. Es war eine Wut aus Literatur, sozusagen. (Lachen Sie nicht! Sowas gibts!) Eine schamlose Wut, die mit apokalyptischem Hasse danach lechzt, jede arme Seele, die ihre Sehnsucht nicht stilvoll auszudrücken vermag, zu rädern. »Was für ein Bett?« höhnte er und bildete sich ein, hypnotisieren zu können. Im Augenblicke haßte Ulrich Stein die Stenotypistin Charlotte Mager. »Hören Sie! Von was für einem Bette reden Sie da?«

»Ein Bett, irgendein Bett--«

»Aha!« triumphierte er.

»Wollen wir nicht tanzen?« sie tat aus Unsicherheit über die ihr unerklärliche plötzliche Veränderung seines Benehmens gelangweilt, und dies steigerte seine Wut. Jetzt hätte er sie niedermetzeln wollen, doch stoppte er seinen Blutdurst noch im letzten

Augenblicke ab, nicht aus Feigheit, sondern infolge der Erkenntnis, daß der Tod ja auch Erlösung bedeuten könnte. Als lyrisches Temperament war er nämlich zutiefst im Innern zweifelsohne metaphysisch orientiert und huldigte lediglich aus Schamgefühl und Eitelkeit der Psychoanalyse. »Das Bett«, stellte er fest und betonte feierlich jedes Wort »das Bett ist ein Symbol. Ein Symbol für das Bett. Verstehen Sie das?«

»Nein.«

»Nein?« fuhr er zischend empor und schien zu frohlocken. »Nein?« wiederholte er gedehnt und beugte sich langsam vor, daß sein Kinn fast das Tischtuch berührte: »Aufgepaßt!«

»Ach was! Die paar poetischen Worte!«

»Poetisch? Poetisch ist gut!« Und er erklärte ihr klipp und klar, daß ihre Äußerung in puncto Rosenbett und Jahreszeiten nicht nur nicht poetisch, sondern reiner Mist und von jedweder geschmacklichen Warte aus abzulehnen sei. Er bellte ihr die Begründung ins Antlitz und sprach neben Bewußtsein und Unterbewußtsein, auch über Libido und Primitivität, nebst Doppelsinn aller Worte, als hätte er den ganzen Freud in den Fingerspitzen.

Die Traumdeutung begriff sie nicht; sie verstand nur, daß sie sich wegen der Worte, auf die sie eigentlich stolz gewesen war, schämen sollte. Und es tat ihr plötzlich fast wohl, es einzusehen und sie dachte, ich kann doch nicht anders, ich empfinde eben so, und tat sich leid wegen ihrer paar poetischen Worte. Und die Worte selbst taten ihr leid, jedes einzelne, groß und klein -- es waren doch ihre Worte, und was will er denn überhaupt! Man weiß doch, daß man nichts kann, nichts ist, und, daß man auch niemals was werden kann. Also, was will denn nur dieser dumme Kerl mit dem Geschwätz!? Es ist ja zum Lachen! Und nun geschah das, wovon alle Anwesenden noch tagelang sprachen. Die Mager zuckte zusammen und fing an ganz leise zu lachen. Zuerst stotternd wie ein Idiot. Doch plötzlich schnellte sie empor und lachte schrill, riß das Tuch vom Tische, zertrampelte kreischend Tassen, Gläser, Teller -- besessen wie nur eine Schwester Sankt Veiths. Warf sich zu Boden und wieherte, daß man das Zahnfleisch sah.

Eine halbe Stunde später sah man Ulrich Stein einsam und erlebnisschwanger durch Seitenstraßen streichen. Das Herz voll Leid, das Hirn voll kühner literarischer Pläne.

Großmütterleins Tod

Die Frau des Hannes Moser war ihrem Manne davongelaufen. Sie hatte den Tag über nichts gesprochen und war am Abend verschwunden. Man sah sie noch am Bahnhof stehen und auf den Zug warten, der in die Stadt fuhr. Das war das einzige, was Hannes erfahren konnte.

Sie war ihm davongelaufen, nicht weil er sich in eine andere verguckt hatte, und auch nicht weil sie sich in einen anderen verguckt hatte. Er war auch kein Spieler, ein solider Mann – wie man so sagt. Sie hatte ihr kleines Kind zurückgelassen und war davon. Halb besinnungslos. Sie war eine Frau, bleich und abgemagert, mit fettigem Haar und säuerlichem Geruche. Aber sie hatte schöne große dunkle Augen, voll Scheu. Und dann blickte sie immer drein, als fühlte sie sich zurückgesetzt, als dächte sie immer, Gott, mein lieber Gott, ich lebe ja doch auf der Schattenseite des Lebens. Aber sie hatte nicht den Mut, die Konsequenzen zu ziehen – ihr mangelte der Mut, weil sie ihre Erkenntnis nicht klar formulieren konnte.

Daß sie nun weg war, den Grund hierzu, gab Großmütterlein. Großmütterlein genannt, seit das Kind zwar noch nicht da, aber unterwegs war, war die

Mutter ihres Mannes. Die Alte wohnte bei den beiden Jungen und hatte die stärkste Vitalität. Trotz ihrer 70 Jahre gab sie den Ton an; sie herrschte; nicht schreiend, nicht befehlend, aber ewige Rücksicht fordernd und aus Wut, daß man ihr die Rücksicht erweise, voll Bosheit und verärgert. Sie konnte den Gedanken nicht ertragen, daß man ihr etwas schenkte. Sie sog das Blut der jungen Leute, sog ihre ganze Kraft in sich. Dabei lief sie in die Kirche am Sonntag, schimpfte aber auf den Pfarrer. Konnte sich mit niemandem vertragen.

Oh, Großmütterlein konnte aber auch so friedlich aussehen! Alle, die nicht näher hinsahen, lobten sie. Wenn sie so an einem Tage, an einem warmen Spätherbsttage in dem Garten des Häuschens saß, auf einer Bank und strickte – ab und zu nachsann, in die Ferne blickte – in einem Buche las. Und, wenn sie zwischen den Seiten eine Rose fand, wie die Großmutter in Andersens Märchen, so dachte sie auch darüber nach – aber sie bekam eine Wut, einen Haß auf das Leben, weil es verging. Sie haßte das Leben, die Jugend, sie sah in ihnen ihren Tod, und ihr Lächeln voll Nachsicht und Güte, war aus Schwäche. Ihre Güte war verlogen, ihr Haß echt!

In der Frau ihres Sohnes sah sie die Rivalin, das Weib. Sie ekelte sich vor ihrer Fraulichkeit, vor ihren Brüsten, vor ihrer Jugend! Sie hatte einen Haß auf die beiden Betten. Einmal waren die zwei abends fortgegangen, da saß sie allein im Zimmer. Sie humpelte umher und trat auch in das Schlafzimmer ein. Sie stand in der Türe und ihr Gesichtsausdruck war so entsetzlich verzerrt, so entstellt, daß sie einer Furie glich. Sie ging drinnen auf und ab, und hegte die finstersten Gedanken. Dort stand das Bett, ihr Bett – in diesem Bette ist sie einst gelegen, sie kennt ja noch das ganze Zimmer, die Bilder und alles – aber jetzt muß sie in der Kammer hinten wohnen und dort an ihrem Bette liegt das Nachthemd der jungen Frau. Dort wäscht sie sich, dort liegt ihre Zahnbürste, im Schranke ist ihre Wäsche. Ihr Duft liegt im Zimmer – und wo blieb sie. In der Kammer!

Es war alles vergangen, alles verflossen – und die Alte schnaubte Rache gegen die Jungen.

Als die beiden nach Hause kamen fühlten sie, daß jemand in ihrem Zimmer war, sie fühlten die feindselige Luft, die dunklen Gedanken, aber keiner wagte ein Wort zu sagen, weil sie wußten, wer hier war. Ihre gute Laune war vorbei – schweigend zogen sie sich aus.

Plötzlich setzte sich die Frau an den Bettrand und fing an leise zu weinen. Er horchte auf, er wußte genau Bescheid. Unschlüssig, unsicher, zog er sich aus. Er sah den gekrümmten Rücken seiner Frau.

»Warum weinst du denn? Was hast du denn schon wieder?« frug er.

»Ich halte das nicht mehr länger aus –«

»Was nicht mehr länger?« herrschte er sie an. Und er machte seiner Wut auf die Mutter Luft, indem er sie auf seiner Frau ausließ. Und es tat ihm wohl, das tun zu können. – »Halte doch endlich dein Maul! Ich weiß, was dahintersteckt, es ist nur der Haß auf meine Mutter! Hetze nicht mehr gegen sie! Es verfängt bei mir nicht! Wer meine Mutter angreift, greift mich an!«

Die Großmutter saß aufrecht in ihrem Bette und freute sich satanisch über den Krach. Sie horchte die Wände durch. – Lange war es schon still geworden, noch saß sie aufrecht und horchte. Und freute sich.

Die Frau lag still weinend, und der Mann dachte nach, wie er das Geld herschaffen muß für die zwei Weiber! Plötzlich fiel ihm das auf und er sah klar einen Zusammenhang.

Er haßte nur die Alte und wollte sich seiner Frau nähern. Diese wehrte ab, worauf er sie kniff, daß sie einen blauen Fleck bekam. Er biß sich dabei so auf die Lippen, daß das Blut kam. Die Frau stöhnte leise auf und weinte weiter.

Am nächsten Tage ging die junge Frau fort und kam nicht wieder. Man wartete mit dem Essen auf sie und die Alte meinte, wo sie sich nur wieder herumtriebe, und, daß man zu ihrer Zeit bedeutend pünktlicher gewesen sei, und überhaupt, was streune sie in der Nacht umher – doch er gab keine Antwort. Und das war ihr unheimlich. Sie fühlte sich unsicher und ärgerte sich, ihn nicht ärgern zu können. Bin ich ihm so gleichgültig geworden? – dachte sie eifersüchtig.

Die Frau kam nicht wieder und Hannes erfuhr, daß sie in die Stadt gefahren war, wahrscheinlich zu ihrer Schwester. Er ging an die Bahn – die Alte sagte: »Ich fahre mit.« »Gut!« sagte er. Der Alten wurde es unheimlich zumut, sie dachte ja gar nicht daran zu fahren, es war nur eine kindische Bosheit. Aber er erriet ihren Gedanken, daß sie am liebsten zu Hause bleiben möchte und er erklärte nun sicher und unwiderstehlich, ohne Widerspruch duldend: »Du fährst mit! Der nächste Zug geht in einer Stunde!«

Eine Stunde später saß Hannes und Großmütterlein auf dem Bahnhof. So im Freien sah die Alte viel älter aus, kleiner, verhutzelter, wie ein Zwerg. Sie saßen auf einer Bank neben dem Bahnhof. Es war eine laue Sommernacht und in der Ferne ging der Wind. Man konnte die Sterne sehen, aber der halbe Himmel war tiefschwarz. Dort waren Wolken. Und ab und zu strich ein kleiner Wind über den Bahnsteig. Die Alte in ihrem Kapotthütchen, saß da wie ein maskiertes Kind. Sie betrachtete voll Neugier eine Gruppe Kinder, die mit einem Hunde spielten und es sah aus, als wollte sie fast mitspielen. Sie blickte voll Ehrfurcht auf die Uniform des Bahnbeamten, auf die vielen Ziffern und Signale, die sie nicht enträtseln konnte. Sie ging wenig aus in der letzten Zeit.

Der Zug hatte eine halbe Stunde Verspätung. Hannes saß mit gesenktem Kopf da und stierte auf die Risse in dem Boden.

»Es zieht«, sagte plötzlich die Alte. Er gab keine Antwort. »Es zieht«, wiederholte sie, »es fröstelt mich. Setzen wir uns doch anderswohin.«

»Überall ziehts«, antwortete er.

»Aber hier ist es mir zu windig«, keifte sie, »willst du denn, daß ich eine Lungenentzündung bekomme, daß ich mir den Tod hole?! Den Tod!!«

Er blickte auf und ihre Augen trafen sich. Den Tod, dachte er. Ja, den Tod! Mir solls recht sein! Das beste wäre es! Du hast kein Recht mehr! Du hast deine Rolle ausgespielt und müßtest schon längst abtreten! Sie erschrak vor seinem Blicke. »Es zieht«, wiederholte sie und es lag etwas unendlich Wehmütiges in ihrer Stimme. Diesen Blick hatte sie bei Hannes noch nicht gesehen, so hatte er sie noch nie angesehen. – In ihrer Stimme lag ein Bitten. Es sprach die Frau aus ihr, die zurückgesetzte Frau.

Er blieb sitzen.

Sie aber stand plötzlich auf, doch er faßte sie am Handgelenk und drückte sie nieder. »Bleib. Es zieht ja nicht!« Ein Windstoß strich an ihr vorüber, ein Fenster klirrte in der Nähe.

Sie betrachtete ihn von der Seite. Er hat sich nicht viel verändert – so im Profil. Sie nahm Abschied. Plötzlich wurde es ihr klar, wie einer Sterbenden. Was steht sie auch noch da herum und hemmt die Lebenden? Sie sah ihren Sohn, wie er noch ganz klein war. Ein Signal läutete.

»Jetzt muß er bald kommen, der Zug«, sagte er plötzlich leise.

»Ja, jetzt muß er bald kommen –«

»Es zieht hier wirklich«, sagte er, »komm, Mutter! Setzen wir uns anderswohin!«

»Nein. Ich bleibe hier. Es zieht gar nicht, mein Sohn. Es zieht nicht mehr. – Und dann will ich auch nicht in die Stadt fahren. Hol du dir deine Frau allein. Ich will da nicht dabei sein. Laß mich hier noch etwas sitzen, bevor ich umkehre –«

Der Zug fuhr ein.

»Leb wohl, Mutter!« sagte er.

»Leb wohl!«

Sie blieb auf dem Bänkchen sitzen. Der Wind wehte scharf. Der Zug fuhr ab. Sie sah den beiden roten Lichtern noch nach. Dann saß sie still allein. Sie hatte ihm noch nachgewinkt.

Die Lichter am Bahnhof gingen aus.

Die Großmutter ist tot. Sie war nur kurze Zeit krank gewesen, hatte sich erkältet und eine Lungenentzündung war hinzugetreten. Der Hannes hatte sein Weib aus der Stadt zurückgebracht, und nun lebten sie zusammen.

Allmählich wich auch der Schatten der Großmutter aus dem Hause, und als das Kind geboren war, da war von der Großmutter nichts mehr übrig, als das Holzkreuz und die Erinnerung.

Eine gleichgültige Trauer.

Man hat ihren Tod nicht betrauert, weil sie alt war.

Geschichte einer kleinen Liebe

Still wirds im Herbst, unheimlich still.

Es ist alles beim alten geblieben, nichts scheint sich verändert zu haben. Weder das Moor noch das Ackerland, weder die Tannen dort auf den Hügeln noch der See. Nichts. Nur, daß der Sommer vorbei. Ende Oktober. Und bereits spät am Nachmittag.

In der Ferne heult ein Hund und die Erde duftet nach aufgeweichtem Laub. Es hat lange geregnet während der letzten Wochen, nun wird es bald schneien. Fort ist die Sonne und die Dämmerung schlürft über den harten Boden, es raschelt in den Stoppeln, als schliche wer umher. Und mit den Nebeln kommt die Vergangenheit. Ich sehe Euch wieder, Ihr Berge, Bäume, Straßen -- wir sehen uns alle wieder!

Auch wir zwei, du und ich. Dein helles Sommerkleidchen strahlt in der Sonne fröhlich und übermütig, als hättest du nichts darunter an. Die Saat wogt, die Erde atmet. Und schwül wars, erinnerst du dich? Die Luft summte, wie ein Heer unsichtbarer Insekten. Im Westen drohte ein Wetter und wir weit vom Dorfe auf schmalen Steig, quer durch das Korn, du vor mir ---- Doch, was geht das Euch an?! Jawohl, Euch, liebe Leser! Warum soll ich das erzählen? Tut doch nicht so! Wie könnte es Euch denn interessieren, ob zwei Menschen im Kornfeld verschwanden! Und dann gehts Euch auch gar nichts an! Ihr habt andere Sorgen, als Euch um fremde Liebe -- und dann war es ja überhaupt keine Liebe! Der Tatbestand war einfach der, daß ich jene junge Frau begehrte, besitzen wollte. Irgendwelche »seelische« Bande habe ich dabei weiß Gott nicht verspürt! Und sie? Nun, sie scheint so etwas, wie Vertrauen zu mir gefaßt zu haben. Sie erzählte mir viele Geschichten, bunte und graue, aus Büro, Kino und Kindheit, und was es eben dergleichen in jedem Leben noch gibt. Aber all das langweilte mich und ich habe des öfteren gewünscht, sie wäre taubstumm. Ich war ein verrohter Bursche, eitel auf schurkische Leere.

Einmal blieb sie ruckartig stehen:

»Du«, und ihre Stimme klang scheu und verwundet. »Warum läßt du mich denn nicht in Ruh? Du liebst mich doch nicht, und es gibt ja so viele schönere Frauen.«

»Du gefällst mir eben«, antwortete ich und meine Gemeinheit gefiel mir überallemaßen. Wie gerne hätte ich diese Worte noch einigemale wiederholt!

Sie senkte das Haupt. Ich tat gelangweilt, kniff ein Auge etwas zu und betrachtete die Form ihres Kopfes. Ihre Haare waren braun, ein ganz gewöhnliches Braun. Sie trug es in die Stirne gekämmt, so wie sie es den berühmten Weibern abgeguckt hatte, die für Friseure Reklame trommeln. Ja; freilich gibt es Frauen, die bedeutend schöneres Haar haben und auch sonst -- Aber ach was! Es ist doch immer dasselbe! Ob das Haar dünkler oder heller, Stirn frei oder nicht --

»Du bist ein armer Teufel«, sagte sie plötzlich wie zu sich selbst. Sah mich groß an und gab mir einen leisen Kuß. Und ging. Die Schultern etwas hochgezogen, das Kleid verknüllt --

Ich lief ihr nach, so zehn Schritte, und hielt.

Machte kehrt und sah mich nicht mehr um.

Zehn Schritte lang lebte unsere Liebe, flammte auf, um sogleich wieder zu verlöschen. Es war keine Liebe bis über das Grab, wie etwa Romeo und Julia. Nur zehn Schritte. Aber in jenem Augenblick leuchtete die kleine Liebe, innig und geläutert, in märchenhafter Pracht.

Der Tod aus Tradition

Eine Legende aus den nördlichen Kalkalpen

In der Haupt und Residenzstadt einer mitteleuropäischen Republik, die südwärts an harmlose Schlawiner, dagegen im Norden leider an umso gewalttätigere Piraten grenzt, lebte noch 1925 ein biederer aufrechter Mann, voll Gottesfurcht und Ahnenkult, namens Franz Xaver Loibl. Hausbesitzer, Familienvater und Ehrenmitglied des Männergesangvereins »Athen-Ost«, war er von Mutter Natur mit jener oft gerühmten behäbigen derben Heiterkeit begnadet und bis zum Abschluß der allzu großen Zeit zu allen barocken Späßen immer bereit gewesen, aber seit die Juden samt ihren Knechten vor einigen Jahren den Landesvater vertrieben und die Republik proklamiert hatten, hatte ihn niemand mehr lachen gesehen, höchstens lächeln, hämisch und sardonisch. Das Herz voll Bitternis und Bier suchte er die Einsamkeit und fand sie an einem verödeten Stammtisch. Er kegelte nicht mehr, noch sang er oder spielte Tarock. Witterte überall Republikaner und hatte schwarzrotgoldene Angstträume.

So träumte er einst, er fahre von Salzburg gen Berchtesgaden. Ostern wars, noch roch es nach Schnee trotz der hellgrünen Matten. Und da er an den Königsee kam, stand er plötzlich unter tausend und abertausend Menschen, lauter Landsleuten in sonntäglichem Gewand. Aber wie er sich so umsah, schienen sie ihm seltsam verändert, und wie er nochmals hinsah, bemerkte er bestürzt eine entsetzliche Wandlung: die Lederhosen reichten ihnen bis an die Knöchel, so waren sie zusammengeschrumpft, und alle hatten schwarzes geschneckeltes Haar, Locken an den Schläfen und Plattfüß. Und die Sennerinnen hießen Sara und Rebekka, Lea, Ruth und Sabinerl! Und dann hielt ein engbrüstiger Intellektueller eine Rede in peinlich nordischer Mundart (alles schrie begeistert »hoch!«) und er sagte, er sei schnurstracks von Tarnopol (»hoch!«) hierhergeeilt um den weihevollen Akt der Umtaufe des Königsees in »See der Republik« zu vollziehen. Und wieder widerhallte brausend vieltausendstimmiges Hoch! von den Felsen ringsum, und wie unser Loibl auf den Kalender sah, da wars der erste Mai. Und die Ziffer war rot. Und Schabbes obendrein. Da schlug er mit dem Mute der Verzweiflung blindlings um sich und -- erwachte.

Aufatmend konstatierte er, daß man doch noch nicht so weit sei und, daß er schwitze wie eine mannbare Sau. Besorgt saß Maria, die andere Hälfte seiner fünfundzwanzigjährigen Ehe und Mutter seiner

Tochter Therese, in ihrem Bette und frug, was er denn nur schon wieder für Ungereimtheiten geträumt hätte, und ob er denke, jede Nacht so zu winseln und zu schnauben wie ein krankes Roß. Und legte ihm nahe, in Zukunft vor dem Einschlafen immer etwas zu lesen, irgendetwas, das einen entrückt oder entzückt, dann träume man auch davon. Sie, zum Beispiel, lese die Romane in den Neuesten Nachrichten, dann träume sie überhaupt nichts. Ja, er solle, nein! er *müsse* nun fortab lesen -- man schwitze dann auch nicht gleich einer Tobsau, und seufze nicht wie ein Hirsch und belästige sein Weib, indem daß die Bettstatt kracht, wie ein Maschinengewehr, und man als gläubige Christin schon gleich zum Pfarrer rasen möchte, von wegen der letzten Ölung, indem daß man nie nichts wissen könne.

Unter der Wucht ihrer Rhetorik brach er zusammen. Erschlafft und zermürbt von seinen apokalyptischen Visionen hatte er keine Kraft ihre Beweisführung zu widerlegen. Seine rehhafte Scheu vor dem gedruckten Worte schwand, und noch am gleichen Vormittage betrat er tapfer eine Buchhandlung. Der Entschluß, die Schwelle eines solchen »Ausschanks« zu überschreiten, fiel ihm wahrlich nicht leicht. Drinnen, zwischen Goethe und Kant, dünkte ihm alles fremd, so irgendwie nicht bodenständig, fast ausländisch. Nur nicht lange diese Luft atmen, durchzuckte es ihn, und er äußerte hastig seinen Wunsch, ein Buch oder dergleichen über die gute alte Zeit kaufen zu wollen. Mit einem »Sittenbrevier aus ehernen Zeitaltern ungebeugten Germanentums« gesammelt von einem, der es wissen muß, verließ er den Laden, um drei Mark ärmer -- sechs Maß, rechnete er.

Die Nacht kam und mit mürrischem Mißtrauen blätterte Loibl in seiner Bibliothek. Löschte dann das Licht aus, rülpste und schlief ein. Und sieh da! Er träumte von lauter Zinnsoldaten und Dekolletes à la Luise. Was er von den Zinnsoldaten träumte, kann nicht mitgeteilt werden, um nicht mit dem Gesetze gegen Verrat militärischer Geheimnisse in Konflikt zu geraten, und auch nicht was er von den Dekolletes träumte, um nicht gegen Schmutz und Schund zu sündigen -- kurzum: als er am Morgen erwachte, lächelte er wie ein gestillter Säugling, und fühlte sich durch frische Hoffnung gebläht. --

Nach vierzehn Tagen hielt er auf Seite elf und kam zu Kapitel vier mit der seltsamen Überschrift: ius primae noctis. Infolge seiner radikalen Ablehnung aller Fremdwörter wollte er es kurzerhand überblättern, doch da sprang ihm der Untertitel in die Augen, der lautete: Das Recht auf die erste Nacht. Was wäre denn jetzo nur dieses? dachte er und las. Las und las. Zuerst, wie üblich, verstand er nicht, was er las, dann, als er es begriffen hatte, glaubte er es seien lauter Druckfehler und fing wieder von vorne an, buchstabierte jedes Wort, bis er Absatz für Absatz auswendig hersagen konnte wie ein Suppenschüler seine Hausaufgabe. Längst schon schnarchte seine Zeltgenossin, doch ihn mied jede Müdigkeit. Ungewöhnlich rege sprangen durch sein Hirn Gedanken, Bilder, Akkorde, wie tolle Zirkuspferde. Und plötzlich schoß aus dem Chaos seiner Phantasien ein ungeheurer Plan, fuhr blitzartig durch sein ganzes Sein, daß er schier erzitterte: er bringt seinem Herrscher sein Kind dar, sein Fleisch sein Blut, die Theres! Der Landesvater, und nur er, trotz Republik und Erfüllungspolitik, hat das Recht auf die erste Nacht! Erst durch die Weihe des Gottbegnadeten wird der Mensch zum Mensch!

Oh, der Herr soll es fühlen, daß es noch Männer gibt in seinem Lande, Männer, die treu an der Tradition hängen, er soll es spüren, daß die Verehrung der Sitten der Vorfahren noch lange nicht zur hohlen Phrase geworden ist -- er, Franz Xaver Loibl wird es beweisen!

Und hoch klang das Lied vom treuen Mann, wie Trommelfeuer bei Maßkrugklang! -- doch am folgenden Morgen meinte seine Frau, was denn nicht noch. Und fernerhin meinte sie auch, es scheine ihr fast, daß er spinne, und außerdem sei dieser Plan eine Unkeuschheit und sicher nur bei den Norddeutschen so gewesen und niemals nicht bei uns. Und er sagte, er spinne gar nie nicht und sie sei auch schon solch eine verdorbene Neuerin, verweichlicht und ohne Schmalz, und sie solle doch sogleich nach einem bestimmten ehemaligen Künstlerviertel ziehen und Rhythmus tanzen. Und sie sagte, unter keinen Umständen tanzt sie nicht Rhythmus, und er aber sagte, sie werde schon sehen, wie sie Rhythmus tanzen werde und rief: »Therese!«

Aber da schrie die Frau, sie rufe den Arzt, und er sagte: nur zu! Es sei ihm bereits bekannt, daß der verrückt sei, der treu an der großen Vergangenheit hänge. Und wieder rief er nach seinem Kinde.

Es kam. Und der es da erzeugte sprach: »Ich weiß, daß du ein braves Mädchen bist, und obwohl du an Starkbierfesten gar mannigfach in den Hintern gezwickt worden warst, bist du dennoch unberührt, eine Jungfrau, auf und nieder. So ziehe denn hin zum Landesvater und reiche ihm all dein Unerwecktes, auf daß er es wecken möge. So will es das Gesetz.« Und er wollte sein Kind segnen.

Doch es wehrte ab:

»Du irrst, oh Vater! Oh, du irrst!«

»Wieso nachher?«

»Indem, daß ich mein Herz in Heidelberg verloren hab.« »Ha?!«

»In einer lauen Sommernacht.«

»Verloren?« zischte er wie der Held einer Pubertätstragödie. »Verloren?! Oh, über dich Fetzen! Kein anständiges Bürgermädchen verliert so etwas nicht!«

»Vater spinntisieret wohl?« frug die Tochter ihre Mutter; jene nickte nur: und ob! Hierauf wandte sie sich wieder ihrem Vater zu und bat um Beantwortung folgender Fragen: ob er wohl ihre Entwicklungsjahre über geschlafen hätte, da er ihr solch unhygienischen Lebenswandel zutraue, und ob er außerdem nicht denke, daß der Landesvater denn doch schon etwas gebrechlich wäre, und ob er denn überhaupt nicht wüßte, daß es ja gar keinen Landesvater nicht mehr gäbe, und ob er also vielleicht den Landtagspräsidenten gemeint hätte -- -- Aber Loibl würdigte sie keiner Antwort. Er lachte nur ab und zu grimmig wie ein dem Grabe entstiegener Hoftheaterschauspieler. --

Seit dieser Szene traute er keiner Seele mehr. Und er hub an den Tag und die Sonne zu hassen. Er verfluchte das Licht als den Zerstörer seiner Sehnsucht.

Der Schlaf, immer schon einer seiner liebsten Beschäftigungen, wurde ihm zur Leidenschaft. Nach vierzehn Tagen schlief er bereits ab nachmittags.

Und so träumte er nun täglich sechzehn bis achtzehn Stunden lang von Hörigkeit und Gottesgericht, Ketzern am Scheiterhaufen, Hexenprozessen und Judenblut, und wenigstens die Finsternis gehörte der Vergangenheit.

Nach weiteren vierzehn Tagen schlief er bereits Tag und Nacht, und erwachte nur zur Brotzeit. Aber nach abermals zwei Wochen wachte er überhaupt nicht mehr auf.

Mit den Flügeln des Schlafes war er in eine Monarchie geflogen, in der alles so geblieben war wie am ersten Tag. Nun frohlockt er in jenen Gefilden, allwo alles Tradition ist. Die Tradition der Ewigkeit.

Die Fürst Alm

Infolge der durch den Sommer hereinbrechenden Reise- und Ferienzeit möchte ich all jene, die mit irgendeinem Kraftfahrzeug die südliche Grenze des deutschen Reiches in Richtung München-Garmisch-Partenkirchen einschlagen nach Tirol oder nach Oberammergau auf eine neu entstandene Station aufmerksam machen, auf die Fürst Alm auf dem Dünaberg bei Murnau am Staffelsee in Oberbayern.

Das ist ein langer Titel und ich will es gleich näher erklären. 75 km von München, 25 von Garmisch-Partenkirchen, liegt es 5 Minuten abseits der Straße von Murnau nach Oberammergau. Es ist der schönste Punkt am nördlichen Rande der bayerischen Alpen, den man mit Kraftfahrzeugen erreichen kann per Motor. »Schönste« ist ja allerdings immer eine relative Bezeichnung und ich will sagen die umfassendste.

Der Dünaberg bei Murnau gehört zu jenem Ausläufer westlich des Höhenzuges, bis zu dem sich um das Jahr 1600 die bayerischen Truppen von den Tirolern zurückgezogen haben und hier rettete sie die französische Verstärkung aus München. Hier wird auch noch jährlich in Erinnerung an diesen Tag ein Graf-Arco-Preisschießen von einer Kgl. priv. Schützengesellschaft veranstaltet, als Erinnerung an die Errettung Murnaus von der Plünderung durch die Tiroler.

Und nun zurück ins zwanzigste Jahrhundert! Der Vater Fürst war in seiner Jugend einer der Einführer der Lederhosen gegen das Geschrei der Klerikalen wegen der unsittlichen Tracht. Der Kampf um die Lederhose.

Heute ist er ein alter Herr mit einem Bart, der natürlich wirkt und ist auch tatsächlich mit Andreas Hofer verwandt.

Von der Fürst Alm sieht man die Berge von Allgäu bis Tölz, Zugspitze und Wetterstein, Teufelsgrat, Wank und Krottenkopf, Heimgarten, Herzogstand, Benediktenwand und das Ettaler Manndl und alles, was sich um diese Berge herumgruppiert, Täler und Dörfer und den See nordwärts mit der oberbayerischen Hochebene.

Nirgends in ganz Oberbayern hat man solch einen instruktiven Überblick über eine typisch oberbayerische Landschaft.

Wie der Tafelhuber Toni seinen Hitler verleugnet hat

Gegen den Satan der Fleischeslust ist noch kein Kraut gewachsen, besonders im Fasching nicht. Auch wenn man eingeschriebenes Mitglied der NSDAP ist, erliegt man halt leicht der Versuchung, wie uns dies der Fall Tafelhuber zeigt. Der Tafelhuber Toni war nämlich ein überaus eifriger Hakenkreuzler, aber trotzdem verleugnete er bei der letzten Redoute seinen Hitler, und daran war nur so ein raffiniertes Frauenzimmer, Gott verzeih ihr die Sünd, schuld. Die hat den Tafelhuber Toni direkt um ihre Finger gewickelt, akkurat wie die Dalila ihren Simson. Dabei war der Tafelhuber gar kein Simson nicht.

Begonnen hat es so: wie es nämlich angefangen hat, da ist der Toni noch bei seinen speziellen Parteifreunden gesessen, in der Nähe der illuminierten Tanzfläche. Eine illustre Korona war das. Noch hat er sich nicht mal nach dem Schatten eines Weibes umgeschaut, sondern hat bloß sarkastische Bemerkungen fallen lassen über dem Kardinal Faulhaber seine letzte Predigt. Aber dann wollte es plötzlich das hinterlistige Schicksal, daß er seine Circe findet. Das war eine üppige Erscheinung, direkt rassig. Sie ging als Andalusierin und hatte was für ihn. Sie ist an ihm vorbeigerauscht, und er fühlte sich magisch hingezogen. Und sie hat halt nicht locker gelassen mit ihren verheißungsvollen Augen und den halbgeöffneten sinnlichen Lippen. So wurde er verzaubert.

Fünf mal hat er dann getanzt damit, und zwar gleich hintereinander. Sie preßte sich an ihn, und ihm tat das wohl, denn sie war halt kein Krischperl. Hernach wurde er plötzlich romantisch und gebrauchte ein dichterisches Bild, worauf sie sich an seinen Arm hängte und meinte, sie müsse nun etwas trinken vor lauter Linksrum. Er stieg mit ihr auf die Galerie in ein schattiges Eck. Dort setzten sie sich, und wie auf ein Kommando intonierte die Musik eine getragene Weise. Aber das war alles nur Schicksal. Sie trank einen süßen roten Likör, und er sah ihr dabei zu. Dann kamen sie sich immer näher und gaben keinen Ton von sich. Mitten drin ging aber plötzlich ein Herr vorbei, und dieser Herr war ein Jud. Er lächelte rabulistisch und warf der Andalusierin einen provozierenden Blick zu, den diese automatisch erwiderte, denn sie war halt eine kokette Person.

Der Tafelhuber jedoch wollte seiner Beobachtungsgabe schier nicht trauen. Vor seinem geistigen Auge wiederholte er sich diese Szene, und immer mehr wurde für ihn diese Episode abermals zum Beweis. Er wollte es sich nicht gefallen lassen, daß ein Semit die Seinige so orientalisch-lüstern anschaut, aber der Orientale war schon verschwunden, und nun entstand zwischen dem Paar ein Meinungsaustausch über diese ganze Judenfrage. Der Teufelhuber wurde immer stolzer und setzte seiner Andalusierin allerhand auseinander, aber diese blieb verstockt. Ja sie meinte sogar, daß ihr das schon sauwurscht wäre, ob Jud, ob Christ, ob Heid, für sie wäre die Hauptsache, daß einer ein Menschenantlitz trägt. Und plötzlich fuhr sie ihn an: »Oder bist du gar so a Hakenkreizler? Die mag i nämlich scho gar net!« Sie sah ihn direkt durchbohrend an. »Mei Vater is Sozialdemokrat, mei Mutter is Sozialdemokrat, und i bins a«, sagte sie und zog sich zurück von ihm, so daß es ihm an der ihr bisher zugewandten Seite ganz eisig entlang wehte. Weil er halt auch schon ziemlich durchschwitzt war. Er wollte sich an ihr wärmen wie an einem Feuer – aber da fiel ihm schon wieder der Kardinal ein und der Herr Owen Young, besonders letzterer grinste sehr höhnisch – »Nur nichts mehr denken«, dachte der Tafelhuber verzweifelt und konnte nicht mehr anders. Sein aufgestacheltes Verlangen nach den einladenden Formen seiner marxistischen Andalusierin blieb weiter bestehen und wuchs sich aus, trotz der diametral anderen Weltanschauung. Auch ein SA-Mann ist halt zu guter Letzt nur ein Mensch. Auch er ist doch nur ein Mann mit demselben Gestell wie ein Exot. Was helfen da alle guten Vorsätze, das Leben legt seine Netze aus und fragt weder nach Rasse noch nach Religion. Manchmal ist halt auch bei einem Hitlermann der Geist willig und das Fleisch schwach. Und er sagte: »Nein, ich bin kein Hitler nicht.« – So hatte er seinen Hitler verleugnet, ehe die dritte Française getanzt war.

Aber hernach hat er es mit den Gewissensbissen bekommen und nicht zu wenig. Er ist ganz dasig an den Tisch seiner Parteigenossen zurückgekehrt und hat sich einen furchtbaren angetrunken vor lauter Zerknirschung. Düster hat er vor sich hingestarrt und gegrübelt, eine lange Zeit. Dann ist er plötzlich aufgesprungen und hat losgebrüllt: »Ja Herrgottsakrament, sind wir denn noch in Deutschland oder nicht?!« Man beruhigte ihn und setzte ihm auseinander, daß er sich noch in Deutschland befände, und zwar mitten in München, aber er wollte es nicht glauben. Er lallte nur Abwegiges vor sich hin und wankte benommen. Man führte ihn hinaus in die frische Luft. Ein feiner Nebel lag über dem Asphalt, und wenn er sich nicht hätt übergeben müssen, dann hätt er die Sterne der Heimat gesehen.

Vom kleinen Beamten

Es war einmal ein möbliertes Zimmer. Das war nicht groß, das war nicht klein, das war auch nicht gerade schön -- -- ja: eigentlich war es häßlich; aber es war billig; doch fast immer noch zu teuer für den kleinen Beamten.

Denn die monatliche Miete forderte ein Drittel seines Gehalts, das er jeden Ersten seiner Wirtin, der Witwe eines anderen kleinen Beamten, auf den Tisch zählte. Und er zählte sehr genau und ebenso genau zählte es wieder die gute Frau. Dann zählten es beide noch genauer so ungefähr zehn-zwanzigmal, obwohl es noch niemals geschah, daß auch nur ein lumpiger Pfennig gefehlt hätte; denn der kleine Beamte war von Grund auf ein genauer Mann, jedoch die Witwe ward noch genauer, da sie sparen mußte, mehr noch, wie er: denn dies Geld war nur die Hälfte ihres Einkommens; die andere Hälfte bestritt ihre Pension und die war gerade um zwei Drittel geringer, wie der ehemalige Gehalt ihres verstorbenen Mannes. Aber sie rauchte ja keine Pfeife und schnupfte auch nicht und trank nie Bier, nur Wasser: das war ihr Trost. Wenn auch nur ein schwacher. Aber irgendeinen Trost muß man doch haben! -- Dies spürte auch der kleine Beamte und da er keinen hatte, so suchte er einen und saß nun alle Abend in der Küche bei ihr am selben Tisch.

Sie stopfte seine Strümpfe und er sah zu. Und sprach nur selten, denn sie sprach fast immer: von der Milch und dem Wetter, der Regierung und dem Herd und ihrem seligen Manne. Der war ein braver Mann, es war eine glückliche Ehe, aber sie würde trotzdem nie mehr heiraten, nie mehr ---

Und der kleine Beamte dachte: »Jaja, es ist schon so ---

--- obwohl er eigentlich anderer Meinung war.

Mein Onkel Pepi

Ich hab es Jahre lang nicht in der Hand gehabt, nämlich Onkel Pepis Photographiealbum. Aber neulich nahm ich es mal wieder in die Hand, draußen regnete es sehr stark, ich hatte gerade nichts zu tun und war trotzdem so müde, daß ich mir wieder ganz klein vorgekommen bin.

Onkel Pepis Album ist purpurrot gebunden mit einer silbernen Spange à la Jugend. Genau mittendrin, zwischen dem Kinderbildnis der verarmten Tante Mariann und der letzten Aufnahme Großpapas, befinden sich zwei Seiten, die der Onkel Pepi sich selbst gewidmet hatte. Sie sind seines Albums Herz, in jedem Sinne des Wortes.

Links sieht man den Onkel Pepi als feschen altösterreichischen Leutnant um die Jahrhundertwende, wohnhaft im achten Bezirk, Piaristengasse, mezzanin. Herrlich ist seine Wespentaille, korrekt seine Haltung, überhaupt: »wie aus an Schachterl« -- aufregend für die Damenwelt, von der grande Zozott bis zum süßen Mädl aus Purkersdorf. Kein Wunder also, daß dies Bild von vier Photographien vierer pikanter Damen umgeben ist -- und auf der Seite nebenan kleben auch vier um eine fünfte, größere auserwähltere, eine Blondine mit traurigen

Augen -- und wenn man das Album zuklappt, so liegen diese Auserwählte und der fesche Leutnant aufeinander. Das hat er sich direkt so ausgerechnet, der Onkel Pepi.

Und neben jeder dieser neun »Kisstihandknädigste« ist je ein Bildchen eingeklebt, eine Stadtansicht -- die jeweilige Garnison. Przemysl, Budapest, Lemberg, Agram, Wien und Újvidék -- und jede Frau vertritt eine Nation der ehemaligen Doppelmonarchie, als da sind: Polen, Ungarn, Rumänen, Böhmen, Kroaten, Italiener oder Wiener -- der Onkel Pepi ist nämlich noch niemals nationalistisch gewesen, sondern immer äußerst objektiv. Er schätzte an jeder ihre besondere nationale Note.

Und wie sah Onkel Pepis Damenflor aus? Heiliges fin de siècle von Österreich-Ungarn! Dieser Damenflor sah so aus, jede einzelne:

Mein Mann ist der Graf von Monbijou
Sie können mir alle nichts beweisen
Nur in der Phantasie war ich mit ihm auf »Du« --
So sahen sie aus.

Der Onkel Pepi sieht mich an, stolz, elegant und liebenswürdig. Auch lächeln tut er, der Onkel Pepi. Ein ganz klein wenig. Er lächelt über seinen eigenen Stolz und ist stolz auf sein Lächeln über seinen Stolz. Er ist ein echter Altösterreicher und konstatiert mit wehmütiger Ironie, daß er in der feschen Uniform eines verfaulten Reiches steckt. --

Als ich mich das letztemal vom Onkel Pepi verabschiedete, sagte er: »Also, wenn du mal recht blöd bist, so denk an mich!«

Das Café, in dem Michael Babuschke saß

Das Café, in dem Michael Babuschke saß, lag in dem Eckhaus Steinstraße und Lindenstraße. Erstere war eine rege Geschäftsstraße, zweite eine kurze Sackgasse, die an einem hohen Bretterzaun mit Drahtverhau jäh mündete. Hinter diesem Bretterzaun breitete sich, mitten in der Stadt, ein großer Privatpark aus, mit vornehmen Statuetten, der ursprünglich von einem Fürsten erbaut worden war, jetzt aber einem Bankier gehörte, namens S. I. Goldmann. Ein Mann, der sich nach einer aufreibenden, hastenden Börsentätigkeit einem geruhigen Lebenswandel annahm. Er bewohnte das Barockschlößchen, unterstützte die Wissenschaft. Ehrendoktor verschiedener Fakultäten, verstand er zwar nichts davon, aber er baute der Universität ein Untersuchungsinstitut.

Die Steinstraße hatte 57 Häuser und rund 800 Wohnungen, in denen etwa 4000 Menschen wohnten. In den letzten zwei Jahren waren 27 geboren worden und 45 gestorben. Drei davon auf gewaltsame Art. Ein Dienstmädchen hatte ihr neugeborenes Kind erwürgt und in einer Pappschachtel über den Bretterzaun in den Park geworfen, ein junger Mann wurde von der Straßenbahn erfaßt und geschleift und eine alte Frau wurde von einem Auto, dessen Chauffeur betrunken war, überfahren. Der junge Mann war eben aus dem großen Kino gekommen, und wollte rasch über die Straße, weil er dort ein hübsches Mädchen erblickte. Die alte Frau, eine Witwe, wollte eine Freundin besuchen, ein altes Fräulein, das sich vom Sprachenlernen ernährte, die aber bessere Tage gesehen hat. Von ihrem Fenster aus konnte sie auf den Park sehen.

Vor zwanzig Jahren noch, war diese Gegend eine vornehme, die Leute fuhren mit Pferdedroschken hinaus, und es gab kaum ein Geschäft. Aber die Vornehmen sind alle fort, haben sich weiter draußen hingesetzt, und diese Straße wurde eine rege Geschäftsstraße, die Etappe der vornehmen Villenviertel. Heute fuhr die Trambahn durch mit entsetzlichem Gekrache und Getöse. Es waren fünf Linien, die nach auswärts führten.

Als Michael das Café betrat, war es zwei Uhr. Er setzte sich nicht sogleich, denn er suchte einen Eckplatz, denn er war gern »geschützt«. Er las die Zeitung. Er las verschiedene Zeitungs- und Kunstzeitschriften. Er blätterte scheinbar uninteressiert -- aber die nackten Weiber hatten es ihm angetan. Besonders die eine. Aber die Liebe war nichts für ihn. Er haßte die Liebe. Die Weiber interessierten ihn nicht. Einmal hatte er sich für eine interessiert, aber da bekam er einen Tripper. Er hätte sie sich am liebsten kaufen mögen und bekam einen Haß auf jede, warum sie sich so lange ziert. Auf der Untergrundbahn, überall, wo er ihnen unter die Röcke sehen konnte -- im Café, er hätte ihnen am liebsten ein Glas an den geschminkten Schädel geschmissen.

Drei Tische von ihm entfernt saß eine Frau. Er beobachtete sie. Sie zündete sich eine Zigarette an -- sah ihn groß an, doch als sie merkte, daß er keinen einwandfreien Schlips trug, sah sie weg. »Du Dreck«, dachte Michael.

»Freilich! Man müßte gekleidet sein, wie ein Geck -- dann ja sofort -- einen grellen Anzug, grelle Krawatte, alles so gut sitzend, lässige Bewegungen, blasiertes Gesicht, geschniegelt, usw.«

Joachim betrat das Café. Er war geschniegelt und auffallend gekleidet. Und stank nach Parfum.

Autobiographische Notiz

(auf Bestellung)

Geboren bin ich am 9. Dezember 1901, und zwar in Fiume an der Adria, nachmittags um dreiviertelfünf (nach einer anderen Überlieferung um halbfünf). Als ich zweiunddreißig Pfund wog, verließ ich Fiume, trieb mich teils in Venedig und teils auf dem Balkan herum und erlebte allerhand, u. a. die Ermordung S. M. des Königs Alexanders von Serbien samt seiner Ehehälfte. Als ich 1,20 Meter hoch wurde, zog ich nach Budapest und lebte dort bis 1,21 Meter. War dortselbst ein eifriger Besucher zahlreicher Kinderspielplätze und fiel durch mein verträumtes und boshaftes Wesen unliebenswert auf. Bei einer ungefähren Höhe von 1,52 erwachte in mir der Eros, aber vorerst ohne mir irgendwelche besonderen Scherereien zu bereiten -- (meine Liebe zur Politik war damals bereits ziemlich vorhanden). Mein Interesse für Kunst, insbesondere für die schöne Literatur, regte sich relativ spät (bei einer Höhe von rund 1,70), aber erst ab 1,79 war es ein Drang, zwar kein unwiderstehlicher, jedoch immerhin. Als der Weltkrieg ausbrach, war ich bereits 1,67 und als er dann aufhörte bereits 1,80 (ich schoß im Krieg sehr rasch empor). Mit 1,69 hatte ich mein erstes ausgesprochen sexuelles Erlebnis -- und heute, wo ich längst aufgehört habe zu wachsen (1,84), denke ich mit einer sanften Wehmut an jene ahnungsschwangeren Tage zurück.

Heut geh ich ja nurmehr in die Breite -- aber hieruber kann ich Ihnen noch nichts mitteilen, denn ich bin mir halt noch zu nah.